KB133417

지하철 독서 여행자

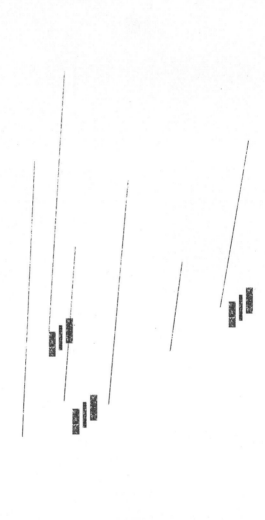

지하철 독서 여행자

박시하 짓고 안지미 그리다

인물과
사상사

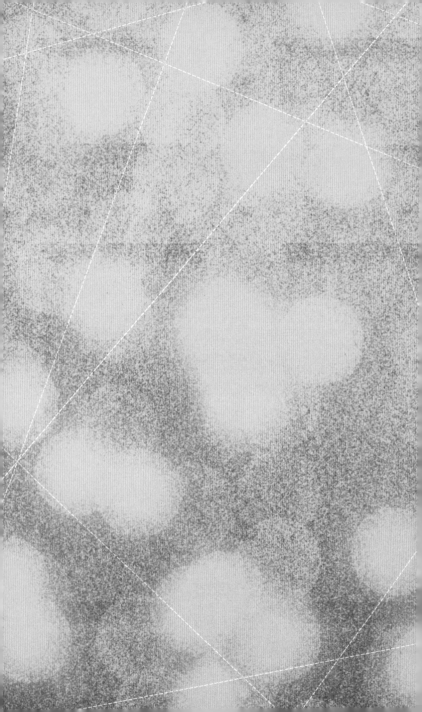

사랑해,
공중 역사 아래 공중에게 고백을 하려다 만다
군고구마 통에 때늦은 불 지피는 할머니가
내가 버린 고백을 까맣게 태우고 있다
이 허망한 봄날

겨울을 견딘 묵은 사과들이
소쿠리에 담겨 서로 껴안고 있다
또 다른 출발을 꿈꾸는 걸까?
아직 붉다

역사가 흔들릴 때
문득 두고 온 사랑이 생각났다
푸른 강물 위
새로 도착하는 生과
변함없이 떠나고 있는 生들이 일렁인다

「옥수玉水역」

삶의 기적을
발견하다

지하철을 타면 아직도 누군가 책을 읽고 있다. 나는 한동안 그 광경을 발견하면서 계절들을 보냈다. 책을 읽는 사람의 모습을 바라보는 사람이 되어. 그 사람을 궁금해하는 사람이 되어.

사람을 궁금해한다는 일은 매력적인 일이었다. 누군가 손에 책을 들고 있을 때, 언제나 가슴이 뛰었다. 살아 있는 것을 어느 때보다 가깝게 느끼는 순간들이었다. 지하철에서 손에 책을 들고 앉아 있거나 서 있는, 그들의 시선이 머문 책 한 권에 마음을 쓰는 일은 참 행복한 일이었다. 그분들께 감사한다. 이 책은 그분들이 없었다면 쓰이지 않았을 것이기에.

지하철이라는 공간이 한 권의 책 안으로 접히고, 그 접힘이 다시 펼쳐져 내 기억들과 섞이고, 또 다른 문장들로 확장되던 경험은 또한 놀랍고 즐거웠다. 책이라는 사물 안에는 누군 가 그 책 안의 문장들을 써내려간 시간과 공간, 그리고 때로는 몇 개의 우주가 담겨 있었다. 나는 매번 그 우주 속에서 지하철 이라는 시공간을 다시 발견했고, 사람을 보았으며, 세계의 비 밀들을 엿볼 수 있었다. 그것은 아마도 삶을 새롭게 발견하는 일이었다고 생각한다.

이 책을 쓰면서 어느 때보다도 지하철을 많이 탔다. 그것 은 친숙하면서도 낯선 여행이었다. 그 여행은 어둡지만 포근 하고, 기쁘고도 슬펐으며, 나의 빈약한 마음에 수없이 많은, 빛 나는 상상을 불러일으켰다.

밤하늘을 바라본다. 멀리서 빛나는 별들이 하늘에 담기 고, 이윽고 그것이 내 눈 속에 담기듯, 지하철에서 책을 읽던 사람들과의 특별한 만남이 이 책에 담겨 있다. 그것이 또 당신 들의 마음에 닿고, 담기게 되기를. 그런 순환이 우리의 삶에 일 어나서 우리가 서로 보이지 않게 연결되기를 바란다. 그 연결 됨이야말로 평범한 일상에서 우리가 만날 수 있는 유일한 작 은 기적이니까 말이다.

이 책의 시작과 끝을 함께해주신, 기획자 정제원 선생님 께 감사의 말씀을 드린다. 그리고 부족한 문장들에 아름다운 이미지를 불어넣어준 오랜 친구 안지미 님께 감사를 보낸다.

무엇보다, 변함없이 곁에 있어준 사람들이 없었다면 나는 이 문장들을 적어 내려갈 수 없었을 것이다.

2015년 가을

박시하

차례

시작하며

봄

여름

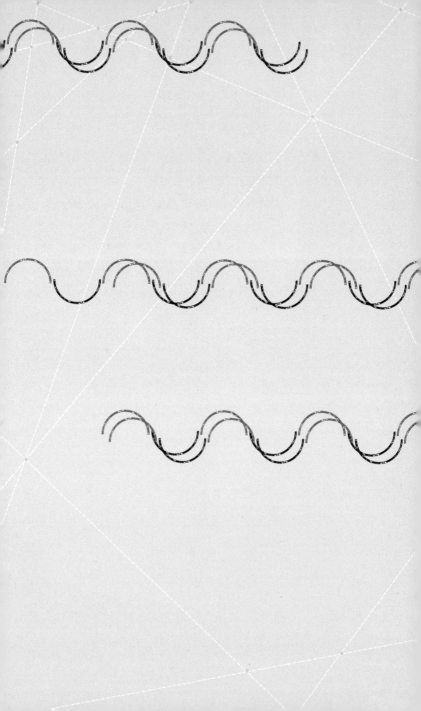

봄

언제나 사랑의 시작은 기적이며,

사랑의 과정은 나를 다시 발명하는 놀라운 시간일 것이다.

물론 우리 존재의 피할 수 없는 불확실성으로 인해서,

사랑하는 내내 우리는 언제나 스스로 되물을 수밖에 없겠지만.

'과연, 우리는 사랑일까?'라고.

새를
품은   사람

4월의 수요일 오후다. 3호선 신사역에서 경복궁역까지 가는 길, 지하철 안은 한산하고 평온하다. 한 여자가 책 한 권을 무릎에 펼쳐놓고 앉아 있다. 손에 분홍색 펜을 꼭 쥐고 있는 그녀는 졸고 있다. 그녀의 책에는 수많은 도그지어^{dog's ear}가 보인다. 접힌 부분이 아주 많아서 책장이 부풀어 있다. 무슨 책일까, 어떤 책이기에 저렇게 열심히 책장 귀퉁이를 접었을까. 나는 좀 궁금해진다. 그녀가 잠깐 졸음에서 깨어나 책을 들어올려서, 그 책의 제목을 볼 수 있다. 버트런드 러셀의『행복의 정복』이다.

스마트폰으로 눈과 귀를 막은 그림자 같은 사람들 사이에서 그녀는 단발머리에 커다란 머리핀을 하나 꽂고 있다. 30대 초반인 그녀의 얼굴에는 화장기가 없고, 옷은 유행하는 스타

일이 아니다. 적당히 낡은 자주색 스웨터에 푸른색 면바지, 그녀의 가죽 가방은 오래되었고 익숙한 물건처럼 보인다. 그녀는 죽은 철학자가 말하는 행복론에 귀를 기울이다 깜빡 잠이 들었던 것이다.

소박한 그녀는 삶을 사랑하는 사람이다. 진정한 행복이 무엇인지 궁금해하는 사람이다. 그녀가 손에 쥔 분홍색 펜과 무릎에 올려놓은 책의 제목이 그것을 말해준다. 그리고 새의 깃털들 같이 예쁘게 접혀서, 날개처럼 부푼 책장들. 그녀는 무릎에 새 한 마리를 올려놓고 있는 것 같다.

지하철에는 사람이 그리 많지 않다. 나는 그녀와 한 사람을 사이에 두고 나란히 앉아 있다. 그 사이 그녀는 펼쳐진 페이지의 귀퉁이마저 접어놓았다. 졸다 깨다 하면서도 그냥 지나치기 싫은 구절이 있었을까? 그것은 어떤 문장이었을까? 나는 그녀에게 관심이 간다. 살짝 질투심 섞인 호감을 갖고 그녀의 잠든 옆모습을 본다. 꾸미지 않았고, 편한 운동화를 신었고, 날씬한 몸매도 아닌 그녀가 그 순간 매력적으로 보였기 때문이다.

나는 예쁜 사람, 외면을 꾸밀 줄 아는 사람이 매력적이라고 생각해왔다. 그런데 내 취향이 변한 걸까, 소박하다 못해 세련미라고는 찾아볼 수 없는 사람이 아름답게 보이다니. 하지만 그녀의 머리핀은 예쁘다. 그녀의 운동화도 예쁘다. 단발머리가 흘러내리지 않도록 한쪽으로 단단히 꽂힌 머리핀과 여러 번 빨아 낡았지만 깨끗한 운동화는 그녀의 생활을 말해주는 것 같다. 그녀가 원하는 행복이 어떤 종류의 것인지를 말해주는 것 같다.

사실 '행복'이라는 말에 나는 쉽게 동의하지 못한다. 행복이 무엇일까? 정말 행복한 사람을 본 적도 별로 없고, 진정한 행복을 원한다는 일이 가능한 일인지도 모르겠다. 그래서 그런 제목의 책을 보고 있는 그녀가 어쩐지 애틋해 보이는지도 모른다. 진정한 행복을 알거나, 누리고 있는 사람이 이 사회에, 나라에, 지금 얼마나 될까? 지하철 안의 사람들을 본다. 무표정한 사람들. 그들은 전혀 행복해 보이지 않는다.

※

버트런드 러셀은 『행복의 정복』 서문에서 "불행으로 고통당하고 있는 수많은 사람들이 바람직한 방향으로 노력하기만 하면 충분히 행복해질 수 있다는 믿음에서 이 책을 썼다"고 밝히고 있다. 행복이라니, 믿음이라니, 겁부터 덜컥 나는 말이 아닌가. 게다가 '행복의 정복'이라니. 행복을 정복한다니, 굳이 그럴 필요까지 있을까? 그러고 보니 나는 행복이라는 말에 대해서 일종의 거부감을 느끼는 것 같기도 하다. 나는 행복을 원하고 있을까? 행복을 누린 적이 있을까?

많은 날이 슬프다. 특히 이런 봄날엔 더 자주 슬프다. 어쩌면 나만 슬픈지도 모른다는 생각에 가끔 외롭기도 하다. 그렇다면, 나는 불행한 걸까? 하지만 슬프다는 감정이 든다고 해서 꼭 불행한 거라고 단정 지을 수는 없다. 나는 글을 쓰면서, 책을 읽으면서, 때로는 아름다운 광경을 마주하면서도 슬프다고 느낀다. 그건 어쩌면 행복이나 사치에 더 가까운 감정인지도 모른다.

나는 내가 행복한지 불행한지 잘 판단하지 못한다. 어쩌면 많은 사람이 나와 같은지도 모르겠다. 지금은 자기 자신에 대해서조차 진정한 관심을 기울이지 못하는 시대, 내 행복과 불행조차 익명의 대상들에게 판단을 양도한 시대. 타인의 고통에는 눈을 감고, 어떤 표면들에 만족하며 살아가는, 그 누구도 행복하거나 불행하지 않은 시대이니까. 많은 슬픔에 충분히 지쳐 있고 많은 사람이 불행한데도, 불행하다는 사실조차 망각한 채 무감각 사이에서 하루하루를 보내고 있으니까.

나는 불행에든 행복에든 빠져들지 않으려고 한다. 뭔가에 빠져든다는 일, 뭔가를 느끼는 일은 두려운 것이다. 감각에는 아픔이 포함되어 있고, 기쁨에는 슬픔이 들어 있으며, 행복을 안다는 것은 불행에 대해서 아는 것과도 같기 때문이다. 불행을 인식하지 않기 위해서, 나는 행복에 대해서도 생각하지 않으려고 한다.

> 살아 있다는 것
> 지금 살아 있다는 것
> 그것은 목이 마르다는 것
> 나뭇잎 새의 햇살이 눈부시다는 것
> 문득 어떤 멜로디를 떠올려보는 것
> 재채기하는 것
> 당신의 손을 잡는 것.[1]

이 시를 읽으면 유년의 정원이 떠오른다. 어린 시절에 나는 공터에서 많이 놀았다. 버려진 땅, 들풀이 자라고 작은 언덕들이 있고 녹슨 못이 튀어나온 나무판자와 폐자재들이 쌓여 있는, 그런 땅이 내 어린 시절의 정원이고 놀이터였다. 그 정원에는 기쁨 이전의 기쁨, 슬픔 이전의 슬픔이 살고 있었다. 어린 내가 처음으로 어루만진 흙, 처음으로 내게 불어온 바람, 그런 것들은 어떤 멜로디처럼 아련하게 의식 속에 가라앉아서 내게

'살아야 한다'고 가르치는 기억이다. 그것은 행복에 대해, 그리고 불행에 대해 깨닫기 전에 내가 알게 된 삶이었다. 바람, 풀, 흙, 공기…… 햇살, 그리고 살아 있다는 사실. 내 존재와 이 세계가 만난 최초의 방식.

나는 런던에만 갇혀 살다가 처음으로 시골 초원에 산책을 나가게 된 두 살짜리 아이를 본 적이 있었다. 때는 겨울이어서 모든 것이 축축하고 진흙투성이였다. 어른들이 보기에는 기쁨이 샘솟게 할 만한 것이 아무것도 없었다. 그러나 그 아이에게는 신비한 황홀감이 솟아올랐다. 아이는 젖은 땅바닥에 꿇어 앉아 얼굴을 풀 속에 파묻고 거의 알아들을 수 없는 환호성을 터뜨렸다. 아이가 경험했던 기쁨은 소박하고 단순하지만, 강력한 것이었다.

버트런드 러셀이 말하는 이 행복은 그렇게 멀리 있는 것은 아니다. 이 행복은 구체적이고 자연과 삶에 근접해 있는 것이다. 러셀은 '행복에 가는 길'에 대해 말하기 전에 '우리가 어째서 불행한지'에 관해서도 말한다. 권태, 질투, 죄의식…… 걱정과 불안, 두려움. 그는 그 모든 불행에 관해 알고 난 후에야 진짜 행복을 알 수 있다고 한다. 불행한 인간이 어째서 불행해지는지, 그는 쉽고 명확하게, 또 자세하고 전반적으로 진술한다. 그런 후에 그가 제시하는 행복의 비결은 아주 간단하다.

행복의 비결은 되도록 폭넓은 관심을 가지는 것, 그리고 관심을 끄는 사물이나 사람들에게 적대적인 반응을 보이는 것이 아니라 되도록 따뜻한 반응을 보이는 것이다. 행복한 사람은 자신이 우주를 구성하고 있는 한 성원임을 자각하고, 우주가 베푸는 아름다운 광경과 기쁨을 누린다.……마음속 깊은 곳의 본능을 좇아서 강물처럼 흘러가는 삶에 충분히 몸을 맡길 때, 우리는 가장 큰 행복을 발견할 수 있다.

그의 행복론은 간결하고 분명하다. 그는 행복이 단지 폭넓은 관심이고, 따뜻한 반응이며, 삶과 본능, 기쁨에 충실한 삶이라고 말한다.

버트런드 러셀의 행복론에 따르면, 나는 행복한가? 새삼 내가 좋아하는 것들을 돌아본다. 차 한 잔과 바흐의 피아노 소나타, 아름답고 심오한 문장이 담긴 책. 또는 사랑하는 사람들과의 따스한 교류, 함께하는 소박한 식사 같은 것들이 떠오른다. 햇살 아래서 음악을 들으며 베란다에 빨래를 너는 시간, 표현할 수 없는 슬픔에 가득 차서 베갯잇을 눈물로 적시는 밤, 심한 몸살의 끝에 마시던 오렌지 주스의 맛, 노쇠한 부모님의 뒷모습과 사놓고 굽이 너무 높아 몇 년째 신지 못하는 하이힐…… 그 모든 '살아 있음'의 증거들.

지옥 같은 현실과 구차한 삶이지만, 버트런드 러셀은 인간이 진정한 행복을 느낄 수 있다고 말한다. 근원적인 생명의 욕구와 '삶'에 대해서 말하고, 불행이 왜 나를 잠식하는지, 우리가 어떻게 행복에 이를 수 있는지 말한다. 나는 생각한다. 행복은 불행에 대해 알고 있는 우리가 살아가는 그 모든 순간이 아닐까? 행복은 새와 같은 것이다. 멀리서 바라보면 아름다운 노래를 들려주지만, 가까이 다가가면 날아가 버리는 것. 사실은, 좀처럼 정복되지 않는 것. 정복하려고 애쓰면 오히려 더 멀리 날아가 버리는 것.

그러나 그 새를 바라보고 있는 사람에 대해서라면, 그 새가 아름답고 가치 있음을 알고 있는 사람에 관해서라면 달리 말할 수 있다. 행복하고 싶어 하는 인간은 욕망에 사로잡힌 인간과는 다르다. 그는 단지 빵을 먹고 싶어 하는 사람이 아니라 직접 빵을 굽는 사람이다. 욕구에 끌려가는 것이 아니라 생명의 열정 그 자체를 즐길 수 있는 사람. 단순하게도, 행복이 무엇인지 알고, 그것을 위해 노력하는 사람은 이미 '행복한 사람'인 것이다.

행복을 과시하는 사람들도 간혹 있지만, 대개 그것은 또 다른 불행의 전시처럼 보일 때가 많다. 내가 아는 매력적인 사람들은 행복에 대해서 긍정하는 사람, 줄곧 행복을 바라보는 사람들이다. 자신의 불행에 대해 인식하고 있지만, 그 불행에 맞서는 사람들. 전혀 불행하지 않은 사람이 아닌, 어떤 불행에도 지지 않는 사람들. 생각해보니 나는 그런 사람들을 꽤 알고 있다. 그리고 그들을 좋아한다.

✹

다시, 잠들어 있는 그녀를 본다. 그녀가 실제로 '행복한 사람'인지 나는 알지 못한다. 그녀는 부자가 아닐 수도 있고, 최근에 누군가와 이별한 사람일 수도 있다. 멋진 집과 차를 갖지 못했을 수도 있고, 훌륭하고 따뜻한 가족이 없을 수도 있다. 한 마디로, 그녀는 세상이 판단하는 행복의 기준에서는 상당히 벗어난 사람일 수도 있다.

하지만 지금 그녀가 읽는 책은 『행복의 정복』이다. 그녀는 수없이 많은 페이지의 귀퉁이를 접어놓았고 밑줄을 그어가며 읽었다. 어느 봄날, 3호선 지하철에 앉아 그 책을 읽다가 오수午睡에 빠졌다. 행복을 정복하지는 못했을지 모르지만, 행복을 잊거나 내쳐 버리지 않았고, 적어도 행복을 바라보는 사람. 그 애틋하고 사랑스러운 풍경. 나는 그 이미지에 '행복한 그녀'라는 이름을 붙여준다.

'행복한 그녀'를 뒤로 하고 나는 경복궁역에서 내려야 한다. 내리면서 또 한 번 뒤돌아보았을 때도 여전히 그녀는 같은 자세로 방심한 채 잠들어 있다, 행복하게. 짧은 순간, 그녀의 품에 안긴 새가 보인다. 푸르스름한 깃털을 가진, 잠시 날개를 접고 그녀의 품에 깃든 행복이라는 이름의 새. 언제나 날아가 버리지만 언젠가 다시 돌아오는, 덧없고 아프지만 갖고 싶어 해야 마땅한, 그러나 많은 이가 잊어버리고, 결국 잃어버리고 마는, 그런 새. 그 새를 품은 저 '행복한 그녀'.

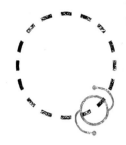

이 여자의
고통을   보라

고흐의 그림을 좋아한다. 거침없는 색감들, 부서져서 더 뚜렷해진 형태들, 꿈속에서나 마주칠 법한 그 풍경들을 좋아한다. 고흐의 그림에는 보이는 것보다 중요한 것을 말하려 하는 의지가 들어 있다. 보이는 색감과 형태들 안에 보이지 않는 어떤 것들을 담으려 한 것 같다. 붓으로 말을 하려고 한 것 같은, 말을 하고 있는 것 같은 느낌이다. 그래서 고흐의 그림을 볼 때 나는 가끔 그의 음성이 들린다는 생각을 한다.

고흐의 그림이라면 다 좋아하지만, 그중에서도 유난히 자주 떠올리는 그림이 있다. 고흐가 자신의 연인이었던 크리스틴 혹은 시엔을 그린 〈슬픔Sorrow〉이라는 제목이 붙은 그림이다. 그림 속의 그녀는 한껏 고개를 숙이고 있어 얼굴이 보이지 않는다. 그녀의 마른 몸, 무릎, 그녀의 머리카락, 그녀의 젖가

슴과 임신한 배. 그 형상은 그저 하나의 몸이라기엔 너무 슬프다. 가만히 다가가 어깨를 만져주고 싶은, 그러나 더는 누군가의 위로를 기다리고 있는 것 같지 않은 한 여자의 몸, 막다른 슬픔에 내던져진 사람의 몸. 여성의 몸으로서 아름답거나 매혹적이지는 않지만, 그녀의 자세, 몸의 주름과 굴곡에서 배어 나오는 한없는 슬픔에는 어딘지 모르게 성스러운 데가 있다.

그녀에게는 한 아이가 있었고, 그녀는 두 번째 아이를 임신한 몸이었다. 그리고 그녀는 매춘부였다. 그러나 그 몸은 성스럽다. 그녀가, 그녀의 몸이 불행하고 슬프고 고통스럽기 때문이다. 어쩌면 인간이 성스러워지는 것은 고결하거나 아름답거나, 행복하거나 도덕적이어서가 아닐 것이다. 인간은 극한의 고통을 통과하면서 성스러움을 갖게 되는 것인지도 모른다.

✳

4호선 지하철에 앉아 한강의 소설 『소년이 온다』를 읽는다. 신록이 흐드러진 초여름, 5월의 오전이다. 5월의 눈부심은 어두운 지하를 통과하는 지하철에서도 사라지지 않는다. 사람들의 가벼운 옷차림, 표정과 목소리마다 햇살과 초록이 스며

들어 있다. 이 5월의 지하철 안에서, 나는 한 소년의 죽음을 통해 역사 속 어느 5월을 불러오는 소설을 읽는다.

　이것은 고통에 대한 이야기다. 소설은 처참하지만 담담하고, 담담하지만 처참하다. 그리고 내내, 슬프다. 고통스럽다. 봄날은 눈부시고 잔잔하지만, 봄날이라고 해서 슬픔까지 눈부시거나 잔잔한 것은 아니다. 아니, 눈부시고 잔잔한 날의 슬픔이기에 이것은 더욱 격렬하고 아픈 슬픔이다. 그리고 부끄러운, 수치스러운 슬픔이다. 그것은 5월이면 해마다 피어나는 장미처럼 붉고, 아프고, 결코 지워지지 않는다.

　이 책을 읽어가는 동안 나는 줄곧 말의 힘에 대해 생각한다. 그 시절, 그날들에 나는 어떤 말을 들었고 보았던가. 서울 변두리에서 보낸 학창시절, 나는 그 5월에 광주에서 일어난 일에 대해 전혀 읽거나 듣지 못하고 자랐다. 아시안게임과 올림픽이 차례로 열리고, 친구들과 같이 버스를 타고 학교를 다니고, 해마다 서오릉으로 소풍을 가고, 학교 앞 문방구에서 기욤 아폴리네르의 「미라보 다리」가 인쇄된 편지지를 사 모으던 시절이었다. 그때 내 주변에는 그곳에서 일어났던 끔찍한 사건, 그 현실 같지 않은 현실을 전해줄 무엇도, 누구도 없었다. 뉴스도, 신문도, 어떤 책도, 어떤 사진도, 누구의 말도…… 소문마저도, 없었다. 그 사실이 무엇을 의미하는지를 생각하자 슬픔은 고통의 감각에 가까워진다. 부끄러움과 수치, 그리고 누구를 향해야 할지 알 수 없는 원망…….

내게는 전달되지 않았던, 알려지지 않았던 슬픔과 폭력의 역사. 언어는 그것들을 내게 알려줄 수 있었다. 하지만, 언어는 그것들을 내게서 가릴 수도 있었다. 그것이 말의 힘이다. 무섭고, 강력하고, 슬픈 힘이다.

"그렇지만 왜 그들이 우리의 시선을 끌려고 노력해야 하는가? 그들이 우리에게 무슨 말인가를 꼭 들려줘야만 하는 것일까?……정말이지 우리는 그들이 무슨 일을 겪었는지 상상조차 할 수 없다"라고 수전 손태그는 말했다.[2] 그런데 지금, 4호선 지하철에서, 죽은 사람들이 나에게, 이제야, 어떤 말을 들려주고 있다. 내가 상상조차 할 수 없었던 어떤 일들을.

소설이지만, 이것은 단지 소설일 수가 없다. 자주 깊은 숨을 쉬면서 읽다가, 소년의 죽음을 그려낸 부분에서 나는 기어이 운다. 주섬주섬 휴지를 꺼내 코를 푼다. 그런 나를 나는 가만히 본다. 책을 읽으면서 우는 사람. 나는 처참한 죽음을 표현한 글을 읽고, 그 고통에 공감해서 눈물을 흘린다. 그런데 나는 정말 소설 속 소년의 죽음 때문에 울고 있는 걸까. 단지 글 때문에, 말 때문에, 내가 정말 슬퍼하고 있는 걸까? 나는 죽음과 고통에 대해 알지 못하는데, 정말 하나도 알지 못하는데…….

그건 그저 소설 속에 묘사된 고통, 그저 타인의 고통일 뿐인데……

수전 손태그는 "흔히 사람들은 타인의 고통이 자신과 밀접히 연결되어 있다는 사실을 잘 받아들이지 못한다"고도 말했다.[3] 나는 폭력을 싫어한다. 아니, 폭력을 감당하기엔 너무 나약한 사람이다. 그리고 그것이 타인이 겪은 폭력이기 때문에, 그러니까 그 고통이 나에게 가해진 고통이 아니라는 이유로, 나는 그 폭력을 알지 못했거나 외면해왔다. 나와는 상관없는 고통이었으니까, 나와는 밀접한 연결고리를 갖고 있지 않았으니까. 누군가에게는 죽음이었고, 누군가에게는 평생의 고통이었으며, 누군가에게는 아물지 않는 상처였을 그 역사를 나는 알려고 하지 않았다. 그러나 그것이 그들만의 역사인가. 그들이 정말 나와는 전혀 상관없는 사람들인가.

인간의 역사는 폭력으로 얼룩져 있다. 피로 물들어 있다. 반복되고, 또 반복되어온 폭력들. 한때 존재했던 살과 뼈를 고통으로 물들게 했던 그 피, 결코 마르지 않는 피. 그 마르지 않는 피는 그들만의 피가 아니다. 그건 나의 피와 다르지 않다. 붉고, 뜨겁고, 그리고 언젠가는 나도 흘리게 될 수 있는 피다. 나는 그 아픈 피의 반복과 순환을 생각하지 않을 수 없다.

그러니까 인간은, 근본적으로 잔인한 존재인 것입니까? 우리들은 단지 보편적인 경험을 한 것뿐입니까? 우리는 존엄하다는 착각 속에 살고 있을 뿐, 언제든 아무것도 아닌 것, 벌레, 짐승, 고름과 진물의 덩어리로 변할 수 있는 겁니까? 굴욕당하고 훼손되고 살해되는 것, 그것이 역사 속에서 증명된 인간의 본질입니까?

역사 속의 핏물이 다시 뜨거워질 수 있는가? '굴욕당하고 훼손되고 살해'된 그들의, 이미 산화되어버린 육신들이 다시 살아날 수 있는가? 나는 말의 힘이 그것을 가능하게 할 수 있을지를 생각한다. 말의 세계, 이미지의 세계, 상상의 세계에서 살려낸 것들이 존재를, 본질을 움직일 수는 없다 해도, 최소한 마르고 썩고 사라진 죽음들을 되살릴 수는 있지 않을까? 뭔가를 쓰는 사람, 그리고 그것을 읽는 사람을 통해서.

누군가에게 조그만 라디오를 선물받다. 시간을 되돌리는 기능이 있다고 했다. 디지털 계기판에 연도와 날짜를 입력하면 된다고 했다. 그것을 받아들고 나는 '1980.5.18.'이라고 입력했다. 그 일을 쓰려면 거기 있어봐야 하니까. 그게 최선의 방법이니까. 그러나 다음 순간 나는 인적 없는 광화문 네거리에 혼자 서 있었다. *그렇지, 시간만 이동하는 거니까. 여기는 서울이니까.* 오월이면 봄이어야 하는데 거리는 십일월 어느 날처럼 춥고 황량했다. 무섭도록 고요했다.

소설의 에필로그에 적힌 작가 자신의 꿈 이야기를 읽으며, 그 꿈속에 나도 함께 있고 싶다는 생각을 해본다. 그러나 그 일을 쓴 그녀와 그 일을 읽은 나는 그 장소에 있을 수는 없다. 꿈에서조차 그럴 수 없다. 그저 무서운 고요, 무거운 침묵만이 있을 뿐이다.

그 고요를 깨야 한다. 그 침묵을 부숴뜨려야 한다고, 나는 생각한다. 각자의 생각에 골몰하고, 자기만의 세계 안에 들어가서 함께 이동하고 있는 한 무리의 사람들 틈에서. 다만 책 한 권을 들고 앉아서. 그리하여, 나는 말의 힘에 대해 다시 생각한다. 책 한 권의 힘에 대해 생각한다.

말은 슬픔을 향해야 한다. 말이 슬픔을 향할 때, 말은 더 중요해진다. 말의 기능은 원래 그런 것이었다. 기쁘고 좋은 것은 말로 하지 않아도 된다. 그런 것은 꼭 말로 표현되지 않아도 된다. 행복은 이미 그 자체로 표현되고 있으며, 기쁨은 환호와 미소만으로 우주라도 넘어설 수 있다. 그러나 슬픔과 고통은, 아픔과 절망에게는 눈물만으로는, 한숨만으로는 부족하다. 애

도할 때, 슬픔을 나눌 때, 우리에게는 말이 필요하다. 울음만으로는 누군가에게 그 슬픔을 충분히 알릴 수 없다. 그 울음이 아무리 처절하더라도, 그 눈물이 아무리 비통하더라도, 인간은 타인의 고통을 알지 못하기 때문이다. 말을, 이미지를, 상상을 통하지 않고서는.

그러니까 그 여름에 넌 죽어 있었어. 내 몸이 끝없이 피를 쏟아낼 때, 네 몸은 땅속에서 맹렬하게 썩어가고 있었어. 그 순간 네가 날 살렸어. 삽시간에 내 피를 끓게 해 펄펄 되살게 했어. 심장이 터질 것 같은 고통의 힘, 분노의 힘으로.

그랬다. 그때 누군가 죽어 있었다. 누군가 피를 흘리고 있었다. 누군가 죄 없이 땅속에 갇혀 썩어가고 있었다. 그리고 기억은 잊힌다. 역사는 묻힌다. 죽음은 단지 소문으로만 남는다. 그러나 말은, 그 말로 불러일으켜진 이미지는 힘을 갖고 있다. 고통의 힘, 분노의 힘은 그렇게 생겨날 수 있다. 말, 말해진 말. 침묵보다 몇 배는 분명한 말로 인해서.

　지하철은 동대문을 거쳐 충무로를 지난다. 여기는 서울의 지하를 관통하는 지하철 안, 도시와 수많은 삶의 소음이 짓누르는 지하의 통로다. 나는 이 안에서도 달콤한 초여름의 푸른 하늘과 초록 은행잎들, 거기 내려쬐는 노란 햇볕을 느끼고 싶다. 캄캄한 지하에서도 5월의 햇살을 애써 떠올리고 싶다. 어느 정류장에서든 열차에서 내려, 계단을 걸어 올라가기만 한다면 즉시 실컷 맞을 수 있는 햇살과 바람을, 내가 살아 있다는 실감을 갖고 싶다. 나는 내가 살아 있다는 것을 느끼고 싶은 것이다. 아니, 어쩌면 누군가는 죽었고 나는 살아남았다는 실감을 느끼고 싶은 건지도 모른다.

　이곳에서 사는 사람은

　하나도 없다

　첨탑 위의 새들도

　이곳엔 앉지 않는다

　너무 오래 말을 참아야 하기 때문이다

　세상이 어두워진다

살아남은 사람들은

죽음을 어루만질 수가 없다.[4]

누군가 죽었다는 사실 위에서 살아가는 삶은 얼마나 어두운가. 세상이 어둠 속이기 때문에, 지하철은 지하 속의 지하를 달린다. 살아남은 사람들이 죽음을 어루만질 수 없어서, 죽은 사람들이 말을 참아야 하기 때문에. 그러나 우리의 슬픔이 말해진다면, 우리가 서로 고통의 말을 들을 수 있다면.

〈슬픔〉의 슬퍼하는 여자, 그 몸이 그토록 슬픔을 생생히 나타내는 것은, 그 그림을 그린 고흐가 그녀의 슬픔을 사랑했기 때문일 것이다. 그녀의 고통을 자기 것처럼 느꼈기 때문일 것이다. 그들은 아마도 불행을 나누었을 것이다. 고통을 나누었을 것이다. 그리고 서로의 고통마저 사랑했을 것이다. 그리고 그는 붓으로 말한 것이다. 이 여자의 고통을 보라고, 이 여자의 슬픔을 함께 느끼라고. 슬픔은 말해져야 하는 거라고.

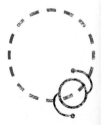

사랑,

나를　발명하는 시간

　나는 4호선 지하철을 좋아한다. 오래 타고 다녀서 낯익은 교통수단이기도 하고, 4호선을 타는 사람들을 좋아하는 것이기도 하다. 지하철 노선마다 특유의 분위기가 있다고 한다면, 1호선은 서민적이고, 2호선은 감각적이며, 3호선은 차분하고 안정되었으며, 4호선은 온건하고 평범하다고 할까?(나머지 서울 지하철에 대해서는 별로 할 말이 없다. 자주 타지 않기도 하지만, 5호선 이후부터는 노선마다의 특유함이 엷어지는 것 같아서다.)

　나에게 3호선은 유년의 지하철, 2호선은 청춘의 지하철이고, 4호선은 성숙의 지하철이라고 할 수 있을 것이다. 30대 이후부터는 4호선이 나의 주요 노선이었다. 나는 혜화역을 생각하면 학림다방이 생각나고, 충무로역 하면 출력소와 인쇄소들이 떠오르며, 사당역에는 한때 일하던 직장이 있었다. 아마도 내 무의식에는 4호선 지하철에 관한 여러 장면이 수없이 저장되어 있을 것이다.

어느 월요일 오전 11시 무렵, 4호선이 동대문역을 지나갈 때 나는 내 앞에 앉은 여자가 알랭 드 보통의 『우리는 사랑일까』를 읽고 있는 것을 발견했다. 그녀는 단발머리에 키가 크고 늘씬했으며, 그녀가 읽는 책이 그녀에게 지적인 매력을 더해준 것은 물론이다. 몰두해서 책을 읽던 그녀가 충무로역에서 일어서기 전에 살짝 웃는 것을 나는 보았다. 그녀가 읽던 페이지에 뭔가 놀랍고 흥미로운 문장이 적혀 있는 모양이었다.

며칠 후, 목요일 오전 비슷한 시간에 나는 또 4호선을 타고 있었는데, 이번에는 내 앞에 서 있는 젊은 남자가 책을 읽고 있었다. 그가 읽고 있는 책은 굉장히 낡았고 겉표지가 떨어져나가서 제목이 아무 곳에도 적혀 있지 않았다. '종로도서관'이라고 찍힌 스티커가 하나 붙어 있을 뿐이었다.

흰색 셔츠의 긴팔 소매를 걷고 청바지를 입은, 좀 소년처럼 보이기도 하는 그의 순정만화 주인공 같은 모습이 내 호기심을 자극했지만, 그 낡은 책이 무엇인지는 알 길이 없었다. 내리려고 일어선 틈에 나는 그가 열심히 읽고 있는 책의 본문을 슬쩍 훔쳐보았다. 뭔가 도표 같기도 한 그림이 그려져 있고,

'앨리스'와 '필립'이라는 등장인물의 이름을 볼 수 있었다.

그러니까, 그 책은 『우리는 사랑일까』였다. 이건 뭔가, 앨리스와 에릭, 그리고 필립이 지하철을 타고 있는 것 같은 설정이 아닌가! 그들이 아직 서로 만나지는 못했지만 같은 책을 읽고 있는 거라는, 혹은 그러다 마주칠지도 모른다는 소설적인 상상이 문득 떠올랐다.

※

누군가를 만나 사랑을 시작하기를 갈망하는 사람들. 그리고 누군가를 만나고 있지만, 그것이 사랑인지 확신할 수 없는 사람들. 그들에게 알랭 드 보통은 한없이 복잡하면서도 단순한 사랑이라는 관계, 그 모든 과정과 고통, 기쁨과 성장에 대한 매우 지적이며 논리적인 이야기를 들려준다. 그가 말하는 사랑이 너무 논리적이어서 처음엔 조금 거부감이 들기도 했다는 건, 혹시 나뿐인지 모르지만.

워홀이 물감으로 한 일과, 오랫동안 있는 줄도 몰랐던, 코나 손의 점들을 애인이 칭찬해주는 일은 비슷하지 않을까? 애인이 "당신처럼 사랑스런 손목/사마귀/속눈썹/발톱을 가진 사람을 본 적이 없다는 거 알아?"라고 속삭이는 것과 예술가가 수프 통조림이나 세제 상자의 미적인 성질을 드러내는 것은 구조적으로 같은 과정이 아닐까?······앨리스는 혼자 저녁을 먹으면서, 언젠가 누군가의 사랑을 받는 날이 오기를 갈망했다.

사람은 왜 다른 이와의 관계를 원할까. 사람이 아니라면 동물이라도, 사물이라도 함께 있기를 원할까. 외로움이라는 감정은 언제나 수수께끼다. 혼자서는 충족되지 않는 어떤 부분이 내 안에 있고, 그 빈자리가 때로는 너무 작거나 너무 커서 생겨나는 갖가지 감정들이 내 존재를 흔들 수 있다는 것. 단순히 서로 사랑하거나 사랑하지 않는다는 이분법만으로는 설명되지 않는 연인 간의 일들, 슬프기도 하지만 때로는 우스꽝스럽기도 한 우리의 모습. 우리의 빈한한 내면이 드러날까봐 두려워하면서도 간절히 누군가와 내면을 나누고 싶어 하는 이 슬픈 욕망.

사랑이 무엇인지 우리는 잘 알지 못한다. 사는 것이 무엇인지 죽을 때까지 잘 알 수 없는 것과 마찬가지다. 어쩌면, 내가 욕망의 덩어리라는 사실을 인정하기 싫기 때문에 우리는 사랑을 갈망하는 건지도 모른다. 혹은 뭔가 초월적인 것, 알 수 없는 것을 원함으로써 나 자신의 초라한 존재를 잊고 싶어 하는 것이거나. 또는 예술가가 지극히 일상적인 것에서 초월적인 것을 발견하는 것처럼, 내가 아닌 타인이 지극히 평범한 나에게서 전혀 평범하지 않은 것을 발견해주기를 원하는 것은 아닌지.

사실, 모든 관계는 평범하게 시작되어 평범하게 끝나버리기 마련이다. 그것을 특별하게 만드는 것은 결국 우리의 평범하지 않기를 원하는 욕망인 것이다.

북적북적한 식당에서 손님들은 서로 힐끔대면서, 사회적으로 가치가 인정된 인물을 부지런히 찾았다. 14번 테이블에 앉은 사람들은 15번 테이블의 손님들이 자신들과는 달리 재치가 있으며, 자신들이 읽지 못한 책들을 읽었으며, 자신들보다 더 흥미로운 친구들과 어울릴 거라고 상상했다. 하지만 15번 손님들은 똑같은 염원을 담은 눈길을 어깨 너머 16번 테이블에 보냈으며, 16번 손님들은 17번 손님들을, 17번 손님들은……

자신의 내면에서 자기 존재를 발견할 수 있다면 좋겠지만, 우리 대부분은 타인을 통해서 자기 자신을 발견하고 싶어

한다. 나르시시즘과 대상을 향한 열광 사이에서 우리는 무언가를, 누군가에게 끊임없이 주고 싶어 한다.

아마도 그것은 나 자신이 혼자서는 감당할 수 없는, 나를 초과하는 내가 있기 때문일 것이다. 또는 그것은 자크 라캉이 말한 주이상스^{Jouissance} 때문일지도 모른다. 우리는 쾌락을 원하고, 쾌락을 주는 대상을 원하는 존재인 것이다. 설사 그것이 나 자신을 파괴하고 상처 입히더라도, 우리는 누군가에게 나 자신을 주지 않고는 견디지 못한다.

사랑의 동기 중 덧없는 요소를 다 뺐을 때, 앨리스에게는 무엇이 남았을까? 육체와 지성과 가진 것들을 제하니, 어떤 사랑할 이유가 남았을까?……그녀에게는 순수한 의식, 순수한 자신, 존재한다는 단순한 사실 때문에 사랑받고 싶은 욕망이 남았다.

장 폴 사르트르는 이렇게 말했다. "내가 존재하는 것은 내가 나를 아낌없이 주기 때문이다."[5] 아마도 사랑한다는 말은 나를 준다는 말과 같은 뜻인지도 모르겠다. 우리가 나를 어딘가로 던지지 않는다면, 누군가를 사랑하거나 누군가에게 사랑받기를 원할 수도 없는 것이다. 누군가에게 나를 제공함으로

써 우리는 자신의 삶을 다시 새로운 것으로 만들 수 있는 것이다. 그것을 달리 말해서 성숙이라고도 할 수 있을 것이다. 자신의 약점까지 숨김없이 보여줌으로써, 누군가에게 기꺼이 상처 입고 파괴당함으로써 우리는 새로운 존재로 변할 수 있는 것이다. 그래서 우리가 사랑이라는 관념에 그토록 집착하고 그것을 갈망하는지도 모르겠다. 우리 자신의 '존재' 때문에.

영화 〈아델의 삶〉에서 아델은 자신의 삶과 존재보다 연인인 엠마에게 많은 관심을 쏟는다. 그녀는 엠마가 아닌 자신의 다른 삶에는 가치를 두지 않는다. 그러나 사랑은 상대방에 대한 헌신 이전에, 자기 자신을 찾아야 하는 과정이다. 스스로 자신의 존재를 찾지 못할 때, 사랑이 자신의 존재를 대신 찾아줄 수는 없다.

그것은 어떤 사랑이든, 어떤 관계든 마찬가지로 적용되는 사실이다. 사랑이 존재보다 우선할 수는 없다. 먼저 자기 존재의 토대가 확립된 후, 그것을 토대로 해야만 누군가와 관계의 구조가 단단해질 수 있는 것이다. 그러므로 그것은 하나의 역설이 된다. 내 존재를 누군가에게 주어야만 나는 존재할 수 있지만, 먼저 내가 존재해야만 나는 타인에게 나를 줄 수 있다.

영화 속에서 엠마는 아델에게 "얼굴의 신비로운 약점"이라고 말한다. 우리는 누군가의 완벽한 아름다움보다는, 아름다운 약점을 사랑하게 되는 것이다.

＊

　내가 4호선 지하철을 좋아하는 이유도 그와 크게 다르지 않은 것 같다. 4호선은 8호선이나 9호선처럼 미끈하지도 않고, 고장도 잘 나며, 그 노선을 타는 사람들 역시 모두 부유하거나 세련되지는 않았다. 하지만 나는 이 노선의 특유한 약점을 좋아하는 모양이다.

　내가 사랑하는 사람들을 생각해본다. 나는 그들이 완벽하거나 훌륭하기 때문에 좋아하지는 않는 것 같다. 오히려 그들에게 '신비로운 약점'이 있기 때문에 나는 그들에게 이끌리는 것이다. 그들이 나에게 자신의 약점까지 보여주었기 때문에 나는 그들을 사랑하게 되었으며, 나 역시 그들에게 내 아픔이나 고통을 보여줄 수 있었다.

　『우리는 사랑일까』를 읽던 여성은 사실은 조금 나이가 들어 보였고, 표정에서도 신경질적인 면이 나타났다. 종로도서관에서 빌린 책을 읽던 남자는 차림새에 너무 꾸민 티가 났으며, 굉장히 내성적인 성격으로 보였다.

　알다시피, 우리는 완벽한 존재일 수 없다. 그러나 누군가의 약점을 보고 그 사람에 대한 호감을 품었다면, 아마도 그것이 사랑의 시작이 될 것이다……. 그리고 언제나 사랑의 시작은 기적이며, 사랑의 과정은 나를 다시 발명하는 놀라운 시간일 것이다. 물론 우리 존재의 피할 수 없는 불확실성으로 인해서, 사랑하는 내내 우리는 언제나 스스로 되물을 수밖에 없겠지만. '과연, 우리는 사랑일까?'라고.

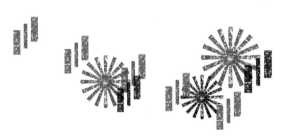

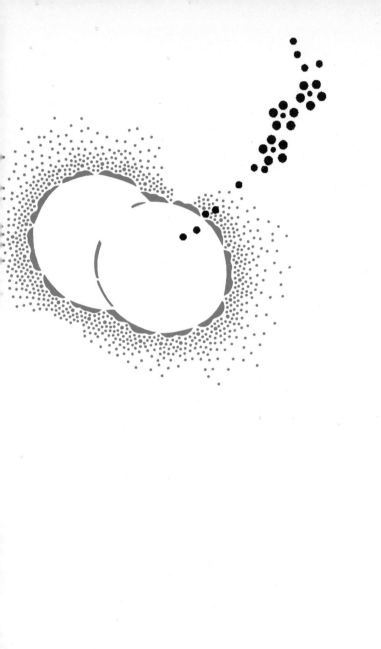

가끔 뼈저리게
아플 때

내 기억 속에는 여러 마리의 개가 있다. 그중, 흰색 잡종 개는 다리를 전다. 어느 날 왼쪽 다리가 자동차 바퀴에 깔린 뒤, 그 개는 불구가 되었다. 개의 이름은 아롱이였다. 우리 집 마당에 있는 개집에서 자고 우리가 주는 밥을 먹었지만, 아롱이는 묶여 있기를 거부하고 온 동네를 쏘다니다가 사고를 당했다.

아롱이는 새끼를 세 마리 낳았다. 그 가운데 금빛 털을 가진 강아지가 가장 귀여웠다. 그 강아지의 이름은 다롱이라고 지었다. 시간이 지나자 아롱이는 어딘가로 사라지고, 다른 두 마리의 강아지는 이웃집에 나눠주었고, 우리 곁에는 다롱이만 남았다.

다롱이는 유난히 똑똑하고 착한 개였다. 우리가 걸어가면

같이 걷고, 우리가 멈추면 같이 멈췄다. 아롱이처럼 아무 데나 쏘다니지도 않았다. 남동생과 나는 다롱이의 부드러운 금빛 털과 초롱초롱한 눈망울을 사랑했다.

다롱이는 두 살 때 사고로 죽었다. 그의 죽음은 매우 고통 스러웠다. 동생과 나는 다롱이가 죽어가는 장면을 속수무책으로 지켜보았고, 결국 죽어버린 다롱이를 우리끼리 뒷산에 묻어주어야 했다. 다롱이가 사고를 당했을 때 부모님은 책방을 비우고 올 수 없었고, 동생과 나는 다롱이를 살릴 수 있는 방법을 알지 못했다.

그날 다롱이는 목욕을 했다. 금빛 털에 윤기가 자르르 흘렀다. 나는 샴푸 냄새가 나는 다롱이를 안고 동네 정육점에 갔다. 저녁 반찬거리로 돼지고기를 사오라는 엄마의 심부름이었다. 정육점에서 고기 값을 내려고 안고 있던 다롱이를 내려놓았다. 잠시 후 정육점 아주머니가 "에그그 그건 먹으면 안 되는데!"라고 외쳤을 때까지도 나는 무슨 일이 일어난 건지 눈치채지 못했다.

그때 나는 초등학교 6학년, 동생은 3학년이었다. 정육점을 나와 집으로 가는 길에 다롱이는 내 품에서 갑자기 뛰어내려 어디론가 달려갔다. 한참 후에 집으로 돌아오더니 집 안을 쏜살같이 뱅뱅 돌며 뛰다가 뒤집어져서 발을 쭉 뻗고 경련했다. 입에 거품을 문 개를 보고서야, 나는 아까 정육점에서 다롱이가 먹은 것이 쥐약을 친 고기임을 깨달았다. 동생이 죽어가는 다롱이를 안고 뛰쳐나갔지만, 한 시간도 못되어 울며 돌아왔다. 동네의 유일한 동물병원이 문을 닫았다고 했다. 다롱이는 이미 온 몸이 굳어져서 죽어 있었다.

몇 번이나 생각했는지 모른다. 내가 정육점에 다롱이를 데리고 가지 않았다면, 그날 다롱이를 목욕시키지 않았다면, 엄마가 내게 그런 심부름을 시키지 않았다면, 정육점 아주머니가 그렇게 부주의하게 쥐약 친 고기를 놓아두지 않았더라면⋯⋯. 다롱이가 그 고기를 먹었으니 어서 비눗물을 먹이라고, 병원에 데려가라고, 곧바로 내게 경고해주기만 했어도 다롱이는 죽지 않았을 텐데⋯⋯. 언젠가는 죽어야 한다고 해도, 적어도 그렇게 아파하면서, 경련하면서 죽지는 않아도 되었을 텐데. 동생과 내가 하염없이 울면서 뒷산 기슭의 흙을 삽으로 파던 장면을 잊을 수 없다. 그것은 내게 처음으로 무언가에게 속죄를 구하던 눈물에 대한 기억이므로.

지나간 것이지만, 때로 생생한 기억은 현실의 일보다 뚜렷하다. 그럴 때 기억이 갖는 힘은 대단해서, 과거의 시간은 급속하고 파괴적으로 되돌아온다. 과거는 나의 현재와 미래를 덮치는 해일이고, 결코 내 일부로 고정시킬 수 없는 무언가가 된다. 그리고 그 흔들리는 과거의 불확실함은 과거의 시간을 우리 힘으로는 결코 되돌릴 수 없다는 데에서 온다. 과거는 오로지 자신의 힘으로만 움직이는 것이다.

같지만 다른 것, 다르지만 같은 것. 꿈속 풍경처럼 겹쳐지는 여러 겹의 시간들에 대해 생각해본다. 파스칼 키냐르는 "시간은 우리의 보이지 않는 땅terra invisibilis"이라고 말했다.[6] 우리는 지나간 시간과 현재, 다가올 시간을 구분 지으려 하지만, 어쩌면 시간 안에는 그런 구분이 아예 존재하지 않는지도 모른다. 과거가 회귀할 때마다 나는 그것이 지난 시간에 불과하다는 것이 믿기지 않는다. 기억이라는 것, 과거라는 시간이 과연 이제는 존재하지 않는 것인가, 그렇게도 뚜렷하고 확실하게 남아 있는데도?

✳

2호선 지하철, 조금 이른 출근 시간이다. 오전 7시 50분 무렵 열차가 충정로역을 지나갈 때, 나는 말쑥한 회색 정장 차림에 안경을 쓰고 콧날이 또렷한 50대 남성을 본다. 그는 이언 매큐언의 소설 『속죄』를 읽고 있다. 출근길에 소설을, 그것도 이언 매큐언의 소설을 읽고 있는 50대 남성이라니, 멋지다는 생각이 든다. 흰 빛이 꽤 섞여 있지만 숱이 많은 머리카락, 조금 왜소한 체격. 깔끔한 셔츠에 푸른색 계열 넥타이. 얼핏 보아도 나이 든 청년 같은 풍모다.

그에게도 나와 같은 추억들이 있겠다는 생각이 든다. 어쩌면 책을 읽는 동안 그 역시 어떤 지난 일들을 떠올리고 있을지도 모르겠다. 지난 실수들, 그만의 아픈 역사들 말이다. 그가 읽고 있는 소설 속에서는 한 어린 소녀의 돌이킬 수 없는 과오로 두 사람의 인생이 완전히 바뀌어버리고 마니까. 처음엔 단지 한순간, 무심코 한 말이고 행동일 뿐이지만, 그러나 어떤 말이나 어떤 행동은 시간이 지나고 나면 돌이킬 수 없는 일이 되어버리고 만다.

"그러면 네가 그를 본 거구나."

"그 사람이라는 걸 알아요."

"네가 알고 있는 것에 대해서는 잠시 접어두자. 지금 네 말은 네가 그를 보았다는 거지?"

"네, 내가 그를 봤어요."

"지금 네가 나를 보고 있는 것처럼 말이니?"

"네."

"네가 네 눈으로 직접 그를 보았다는 거지?"

"네, 내가 그를 봤어요. 내가 그를 봤어요."

나는 이 소설을 영화로 먼저 보았다. 영화에서 가장 기억에 남은 장면은 초록색 드레스를 입은 세실리아의 모습이다. 사랑에 빠진 아름다운 세실리아와 로비. 그러나 그들의 사랑은 그녀의 동생인 브리오니의 거짓 증언으로 깨어지고, 누명을 쓴 로비는 감옥에 간다. 그리고 전쟁이 일어난다. 전쟁은 그들을 오랜 시간 헤어지게, 어긋나게 만든다. 그들의 사랑은 다시 이루어지지 못한다.

가끔 어떤 순간이 미치도록 안타까울 때가 있다. 사소한 일상의 한순간일 뿐인데, 그것이 뼈저리게 아플 때가 있다. 이제 나는 시간의 힘을 알기 때문일 것이다. 이 시간, 지금이라는 이 순간은 지나가 버리지만, 그것은 다시 기억이라는 힘이 되어 돌아온다는 것. 그 단순한 진리를 몸으로 느끼기 시작한 것이다.

과거의 시간이 거대한 힘이 될 수 있는 것은 그것을 돌이킬 수 없기 때문이다. 사랑한다면, 그 사랑을 나누어야 한다. 감사하다면, 그 감사를 당장 표현해야 한다. 미안하다는 말을 미루어서는 안 되고, 보고 싶다는 생각이 든다면 그 사람을 만나야 하며, 주고 싶은 것이 있다면 바로 내일이라도 주어야 한다. 언제부터인가, 나는 그런 주의가 되었다. 아무것도 뒤로 미루지 않는, 뭐랄까 굳이 이름을 붙인다면, '현재주의자'랄까?

"정말, 정말 미안해요. 내가 두 사람한테 그런 불행을 겪게 했어요."

그들은 그저 그녀를 바라볼 뿐이었다. 그녀는 다시 한 번 말했다.

"정말 미안해요."

너무 바보 같고 부적절한 말이었다. 화분을 깨거나 생일을 잊었을 때나 할 법한 말같이 들렸다.

우리는 누군가를, 무언가를 파멸에 이르게 할 수 있다. 한순간에 그렇게 할 수 있고, 오랜 시간에 걸쳐서 그렇게 할 수도 있다. 그런 후에 용서를 비는 것, 그것에는 무슨 의미가 있을까? 인간은 인간에게 소중한 것을 죽일 수 있고, 때로 우리 자신에게도 그렇게 하며, 우리가 사랑하는 사람들에게도 그렇게 한다. 이 책의 제목은 '속죄'이지만, 이미 파괴된 것에 어떻게 속죄를 구할 수 있다는 걸까? 이미 사라진 것, 고갈된 것, 죽어버린 것들 앞에서 우리가 용서를 받을 수 있단 말인가? 아마도 우리는 그럴 수 없을 것이다. 벌어진 일은 이미 벌어진 일, 그

앞에서 그것을 돌이킬 수 있는 방법은 없다.

　어쩌면, 바로 그런 것이 역사인 것이다. 우리의 삶에서 돌이키고 싶은 것, 용서를 빌고 싶은 순간은 얼마나 많은가. 그러나 지난 일들은 무엇 하나 돌이킬 수 없다. 아주 작은 사실 하나도 시간의 힘을 얻고 나면 뒤돌아봐서는 안 되는 것, 돌아봐도 아무 소용이 없는 것이 된다. 인간은 시간의 힘 앞에서 무력하기 짝이 없다.

　그러나 우리는 늘 현재의 사실, 눈앞에서 벌어지는 일에 대해서 정확하게 깨닫지 못한다. 삶이라는 괴물은 어느 정도의 시간이 지나야만 자신의 본 얼굴을 드러낸다. 심지어 가장 소중한 것들, 우정이나 사랑처럼 다시는 얻기 힘든 순간들도 눈앞에 있을 때는 미처 깨닫지 못하는 것이 인간의 정신이다.

　현재는 앞으로의 시간을 결정할 수 있는 힘을 갖고 있다. 현재는 그래서 과거나 미래보다 중요하다. 나의 지금은, 이 순간은, 내가 가진 그 어떤 추억들보다 더욱더 무거운 것이다. 나는 지금 일어나는 일들에 대해 미래의 어느 시간에는 책임을 져야 하니까. 과거의 나는 현재의 나를 만들었으며, 그것에는 어떤 속죄도, 어떤 용서도 소용이 없고 필요하지도 않다. 누가 뭐라 해도, 중요한 건 지금 당장의 내 모습인 것이다. 그러니 나의 현재를 최대한 즐겨야 한다. 어제가 되어버리면 이미 늦다. 어제가 된 오늘은 이미 시간의 틀 안에서 굳어버린 형상이다. 그것이 잘못 그린 그림이라 해도, 고칠 수 있는 기회는 남아 있지 않다. 시간이란 그렇게 냉담하고 두려운 것이다. 오늘, 이 아침, 이 시간보다 큰 기회는 없다.

✳

댄디한 50대 청년은 지하철에서 출근 시간을 향유하는 것 같다. 그는 매우 몰입해서 책을 읽다가 당산역에서 내린다. 그는 책 속에서 지난 시간과 앞으로의 시간을 맛보는 행운을 누리는 사람이다. "언어는 이제는 존재하지 않는 모든 것의 집"이라고 파스칼 키냐르는 말했다.[7] 그의 언어의 집 속에 있는 '존재하지 않는 모든 것'이 그의 하루에 행운과 기쁨을 주기를. 그리고 그의 지난날보다 앞으로의 날들이 더욱 행복하기를.

더불어 모든 추억이 언제까지나 빛을 잃지 않기를. 내 기억 속의 흰 개와 금빛 개처럼, 작은 개의 무덤처럼. 그것은 슬프고 안타깝지만, 돌이킬 수 없어서 더욱 빛나는 순간들이니까. 그리고 기억이 사라지지 않는 한, 순간들 역시 사라지지 않는 것이니까.

그 모든, 존재하지 않으면서 사라지지도 않는 거대한 순간들을 쌓아올려서 우리는 어딘지 모를 곳을 향한 끝없는 여행을 하는 것이다.

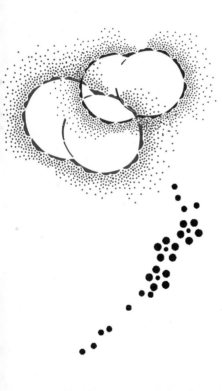

별이 되는 사람들

　나는 일곱 살부터 스물두 살까지 15년을 서울 은평구 역촌동 부근에서 살았다. 역촌동, 신사동, 구산동…… 내게 변두리 소녀의 정서를 키워준 동네들의 이름. 정겨운 동시에 어딘지 모르게 아픈, 언제나 내 일부인 그 길과 언덕들을 나는 기억하고, 사랑한다. 시립병원 입구 사거리에는 엄마의 책방인 '예원서림'이 있었고, 건너편에 데이비드 테니스장이 있었으며, 맞은편 코너에는 수강약국이 있었다. 그 사거리와 엄마의 책방에서, 내 유년과 소녀 시절이 지나갔다.

　이사를 좋아하던 엄마 덕분에 우리는 1~2년에 한 번씩 이사를 다녔지만, 15년 동안 그 부근을 벗어나지는 않았다. 내가 일곱 살 때부터 아홉 살이 될 때까지 살던 역촌동 집이 그중 가장 좋았는데, 그 뒤로는 집안 사정이 하향세를 타는 바람에

연립주택을 전전했지만, 그 첫 번째 집만은 아담한 마당이 딸리고 해가 잘 드는 예쁜 양옥집이었다. 아마도 그 집이, 내가 살아본 집 중에서는 가장 환한 집이 아니었을까 싶다.

역촌동 집에서 골목 아래쪽으로 내려가면 안쪽이 늘 어두 컴컴하던 쌀집이 하나 있었고, 쌀집 뒤로는 작은 쪽방들이 죽 늘어서 있었다. 나는 딱 한 번 쪽방에 살던 아이를 따라 그 방에 들어갔다. 더럽고 콧물이 흐르는 그 아이의 얼굴이 싫기도 했고, 작고 답답한 방에서 빨리 나가고 싶었던 나는 나보다 두세 살 어리던 그 아이가 하는 말에 건성으로 "그래"라고만 대답했다.

"언니, 자꾸 그래, 그래라고 하다가 그래병 걸린다."

"그래? 그래병이 뭔데?"

"누가 뭐라고 물어봐도 '그래'라고만 대답하게 되는 병이야."

"……그래?"

열린 방문 너머로 우리가 수없이 고무줄놀이를 하던 골목, 지는 해와 서서히 깔리던 어스름이 보였다. 나는 '그래병'에 걸린 나를 상상해보았다. 그래, 그래…… 누가 뭐라고 해도 '그래'라고만 대답할 수 있는 병. 절대로 '아니야'라고는 할 수 없는 병. 덜컥 겁이 났다.

"여기야."

큰오빠는 외사촌과 나를 열린 대문으로 들어가게 한다. 여기야, 라고 말하던 큰오빠의 목소리가 그때처럼 지금 내 귀로 흘러든다. 거기였다. 서른일곱 개의 방 중의 하나, 우리들의 외딴방. 그토록 많은 방을 가진 집들이 앞뒤로 서 있었건만, 창문만 열면 전철역에서 셀 수도 없는 많은 사람들이 쏟아져 나오는 게 보였다……왜 내게는 그때나 지금이나 그 방을 생각하면 한없이 외졌다는 생각, 외로운 곳에, 우리들, 거기서 외따로이 살았다는 생각이 먼저 드는 것인지.

소설 『외딴 방』을 나는 20대 중반에 처음 읽었고, 이후에도 여러 번 다시 읽었다. 읽을 때마다 여러 가지 다른 의미로 다가오던 그 방. '외딴방'에 살아야 하는 사람들은 내 주위에 아직 존재한다. 비록 내가 그들을 외면하며, '전철역에서 쏟아져 나오는 인파' 중의 한 명으로 여전히 살아가고 있다고 하더라도.

✳

내가 타고 있는 2호선 지하철이 신림역을 지나간다. 맞은편에 앉은 긴 생머리의, 20대 초반 정도로 보이는 여자가 고개를 푹 숙인 채로 신경숙의『외딴방』을 읽는다. 그녀의 작은 몸집, 마른 팔과 다리를 보고, 나는 문득 누군가를 생각한다. 마르고 작은 몸, 긴 얼굴, 하나로 질끈 묶은 머리카락. 검은 옷만 입던 아이. 그 아이가 앉아 있던 뒷모습을 생각한다. 작고 마른, 검은 새 같던.

내가 그녀를 처음 본 건 작가를 꿈꾸는 사람들이 모이는 인터넷 카페에서였다. 나도, 그녀도 함께 작가를 꿈꾸는 사람이었다. 우리는 문장 연습을 하고, 서툰 시를 써서 부지런히 카페에 올렸다. 장차 시인이 되겠다는 생각조차 딱히 없었을 때였다. 그저 꿈을 꾸고, 글을 쓰는 일이 좋았다. 새모. 그건, 그곳에서 부르던 그녀의 닉네임이었다.

새모는 카페에서는 활동적인 회원이었지만, 오프라인 모임에서는 말이 거의 없었다. 그녀의 차림새는 누추했고 머리카락은 더러웠다. 나는 그녀가 알코올중독인 엄마, 그리고 엄마에게 폭력을 휘두르는 아빠와 함께 살며 가끔 끼니를 거른다는 것, 공장에서 일을 했다는 것, 부모의 빚 외에는 가진 것이 없다는 사실을 알게 되었다. 그녀가 환청을 듣고, 혼잣말을 내뱉는다는 이야기도 들었다. 나는 가끔 그 애를 불러 밥을 사주었고, 집에 데려와서 저녁을 해먹이기도 했다. 병원에 데리고 갔고, 잘 입지 않는 내 옷을 주기도 했다. 하지만, 그 이상은, 나는 그녀에게 해줄 수 있는 게 없었다.

이 글을 쓰는 일이 왜 이렇게 힘들까……. 하지만 말해야 한다. 나는 새모, 그녀에게 미안하다……. 더는 해줄 수 있는 게 없을 만큼 해주었다고 생각했지만, 실은 할 수 없는 게 아니고, 하지 않은 것이었기 때문에.

언젠가부터 나는 그녀에게 연락을 하지 않았고 연락이 와도 핑계를 대고 피했다. 그 아이의 연락마저 뜸해져 가던 어느 날, 그녀의 혼잣말이 심해져서 아르바이트를 하던 약국에서마저 더는 일을 할 수 없게 되었다는 소식을 들었다. 그녀에겐 정신분열증이 있었고, 피해망상이 있었다. 그녀는 그런 것 외에는 아무것도 갖고 있지 않다. 그리고 언제나, 혼자였다.

그러나 나는 결국 그녀를 잊어버렸다. 내게는 내 일과 가족, 내 생활이 더 중요했기 때문에, 내 행복이 더 급히 필요했기 때문에, 그리고 그녀를 생각하는 것만으로도 나는 조금 고통스러웠기 때문에.

지금 새모가 어떻게 살고 있는지 나는 전혀 모른다. 그러나 어디에선가 외롭게, 언제나 혼자인 채로, 누군가가 외딴방에 살고 있다는 것을, 나는 모르지 않는다. 다만 너무도 잘, 잊고 있을 뿐이다.

외사촌과 나의 하루 일당은 칠백 얼마…… 삼 개월이 지나면 오백 원이 올라 천이백 얼마가 된다고 작업반장은 말한다. 다시 삼 개월이 지나면 이백 원이 오르고, 다시 삼 개월이 지나면…….

연소 여성노동자가 대부분인 견습공의 최저 임금선을 노동청은 2만4천 원으로 규제하고 있었는데 실제로 중식비와 교통비를 제하면 하루 일당은 오륙백 원에 불과하여 월 평균 임금은 1만9천4백 원에 불과한 것으로 나타났다,는 기록을 읽는다.

사실은 가끔 새모를 생각했다. 생각하지 않을 수 없었다. 그 아이의 조그마하게 굽은 등, 검고 작은 그 형체가 떠올랐기 때문이다. 지금 그녀는 어디서 무엇을 할까. 내 눈 앞에서 책을 읽고 있는 저 사람처럼, 지하철에서 『외딴방』을 무릎에 올려놓고 읽고 있는 저 여자처럼, 어디선가 자신의 꿈을 좇아서 잘 살고 있다면 좋을 텐데.

그렇다. 꿈. 그녀에게는 꿈이 있었다. 작가가 되겠다는 꿈을 꾸며 그녀가 올리던 글들은 문법이나 맞춤법이 자주 틀렸지만. 성우가 되려는 사람들의 동호회에 가입해서 성우 시험을 준비하던 그녀는, 보통 사람들보다 두세 배는 더 많이 더듬거리며 대본을 읽었지만. 그래도, 꿈, 그녀에게는 꿈이 있었던 것이다. 그 꿈들이 그녀를 살게 한다면, 살게 하고 있다면.

그런 사람들을 안다. 단순히 꿈이 아니라 용기, 마음속에서 솟아나는 희망으로 바닥에서 걸어 올라오는 사람들을 안다. 그들은 가끔 별처럼 높은 곳에다 외딴방을 짓고, 그곳으로 올라가기도 했다. 망루, 쫓겨 올라가는 곳이지만, 불타버리는 곳이지만, 그러나 결국은 별이 되는 사람들의 장소.

외따로운 사람들의 장소는 어디에나 있고, 어디에도 없다. 그들은 지금도 거리 한 구석에서, 광장에서, 보이지만 보이지 않는 그런 장소에서 살아 있다. 사라지지 않고, 결코 지워지지 않고, 죽지 않고. 외딴방은 그렇게 있다. 그것을 잊을 것인가. 잊을 수 있을 것인가.

나도 그랬을까? 헤겔을 읽는 미서처럼, 프루스트나 서정주나 그런 사람들, 김유정이나 나도향이나 그런 사람들, 장용학이나 손창섭이나 혹은 프랑시스 잠, 그 사람들을 읽고 있는 그때에만, 무슨 뜻인지 잘 알지도 못하면서, 그들이 남긴 찬란한 문구들을 부기노트 귀퉁이에 옮겨놓고 있는 그때에만, 그 교실의 그 얼굴들과 나는 다르다고 생각되었던 건 아니었을까.

책이, 그중의 소설이나 시 같은 것이, 나를 그 골목에서 탈출시켜줄 것이라고 생각했던 건 아니었을까.

문학은 무엇을 할 수 있을까. 나와 새모가 꿈꾸었던 문학은. 혹은, 우리는 정말 문학이라는 꿈을 통해 어딘가에서 탈출하려고 시도했던 걸까. 나는 지하철에서 책을 읽는 사람들을 보며 생각한다. 문학은, 책은, 입이 없는 사람들의 말일 거라고. 지상에 있을 자리를 찾지 못해 별이 되어버린 사람들을 대신해서 입을 열 수 있는 통로일 거라고, 그렇게 되어야 한다고.

❋

어린 시절, 혹시나 내가 걸렸는지 몰라 두려웠던 '그래병'을 생각한다. 다 그런 거라고, 그러니 가만히 있으라고, 더는 아무 말도 하지 말라고 하는 이 사회에서, 어쩌면 정말로 존재하는지도 모르는 그 병. 그래서 쓴다, 나는 외딴방을 바라보며 쓴다. 새모의 굽은 등을 생각하며 쓴다. '아니야'라고.

내 마음속에도 외딴방에 사는 아이는 있다. 어쩌면 우리는 모두가 외딴방에서 사는지도 모른다. 그 아이들을 외면하지 않기로 한다, 망각하지 않기로 한다. 적어도, '그래병'에는,

뭐든지 긍정하는 그 병에는 걸리지 않기로 한다.

나는 '아니야'라고 말할 수 있는 방법을 생각한다. 그리고 그 말을 할 수 없는 '외따로운' 사람들을 대신해서, 마음속에 내가 가두어둔 아이를 대신해서, 입을 열어 보려고 애쓰기로 한다. 말을 하기 위해서, '그건 아니에요, 그래서는 안 됩니다, 그렇지 않아요'라고 말해보기로 한다.

가슴속에 하지 못한 말들이 하늘로 올라가서 별이 된다고 한 사람은 누구였는지. 조그만 것들은 너무나 많이 모여 있으면 슬퍼 보인다. 자갈이나 모래나 쌀이나 조갑지들. 하늘의 별도 그렇구나. 자갈이나 모래나 쌀이나 조갑지와 다른 점은 저렇게 많은데도 하나하나 반짝반짝 제 빛을 낸다는 것이다.

새모, 어디에 있든, 너는 별이 되기를. 어디서든 너의 외딴방을 홀로 두지 말고, 꿈을 향해서 반짝이기를. 너의 외딴방을 환한 별로 빚어내기를. 그리고 어디에선가 책을 읽기를, 글을 쓰기를. 그래, 이제는 더듬거리지 않고, 유창하게 대본을 읽고 있기를.

지하철에 타고 있는 사람들, 그들의 마음마다 그런 별이 하나씩 있다는 것을 안다. 지금 2호선은 그러므로 별 같은 사람들을 싣고 달리는 것이다. 우리 모두가 외딴방들이라면, 이 빛나는 외딴방들을 싣고 달리는 지하철, 너는 지금 은하수를 담고 달리는 것이다.

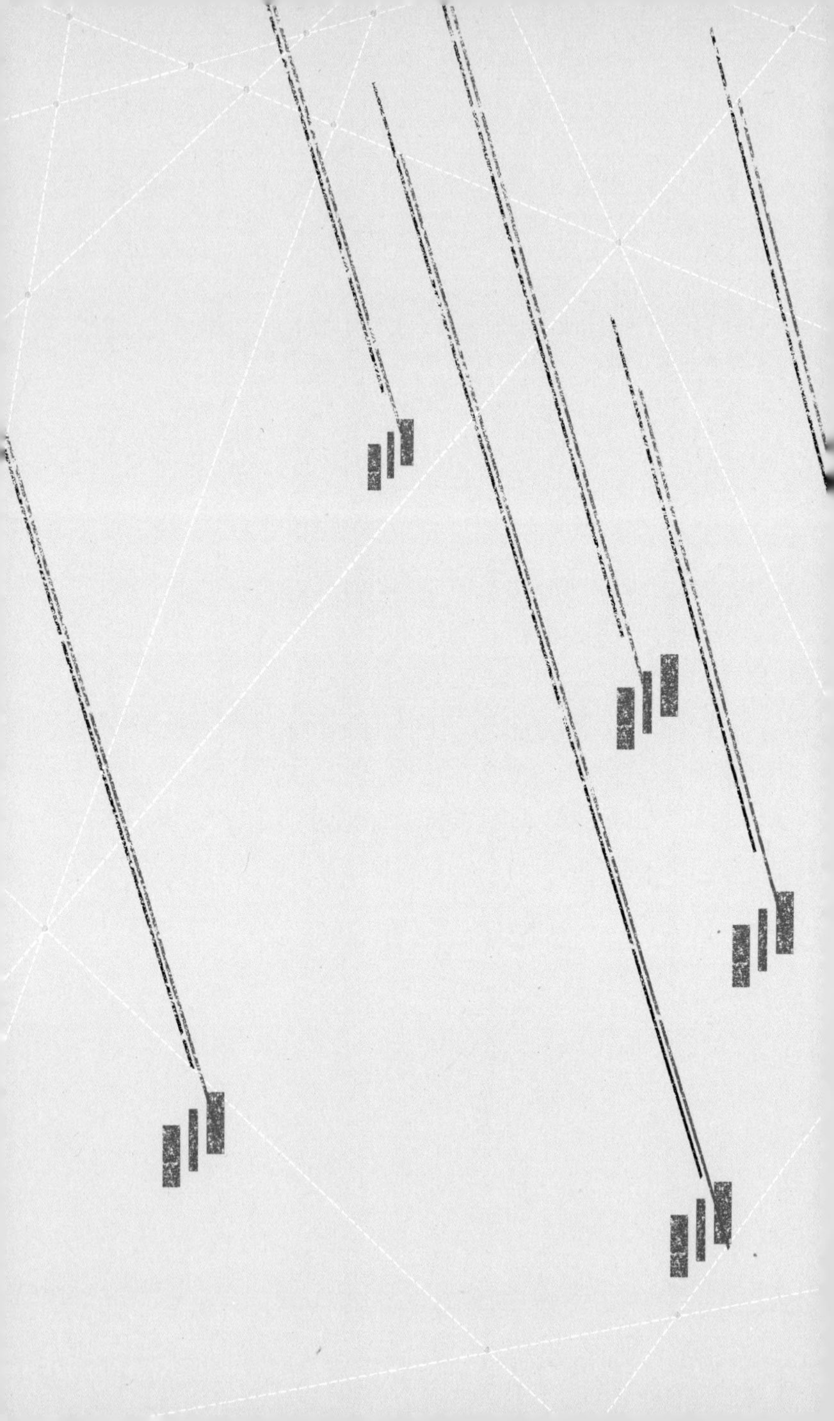

여름

『사랑의 기술』을 읽던 그녀에게 나는 어쩐지 고마운 마음이 든다.

그녀가 그 시간 지하철에서 그 책을 읽고 있었기 때문에

그녀의 일부는 나에게 왔고, 그것은 나에게 내 존재를 돌아보게 했다.

슬픔이나 절망을 넘어서는 어떤 것, 그것은 사랑의 기술일 뿐 아니라

사랑의 가능성이며, 사람의 가능성이기도 하다.

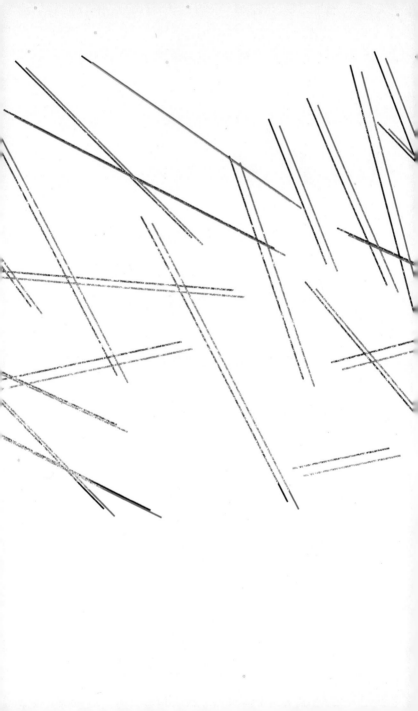

사랑은
'기술'일까?

유난히 바람이 많이 불던 가을이었다. 깊고 허무해 아무 일도 할 수 없었던, 그 계절 동안 나는 절망을 새로 익혔다. 절망은 왜 늘 새로운가. 나는 슬픔에 차서 죽음을 꿈꿨다. 수많은 강으로 뛰어들어 수없이 익사했다. 푸르고 깊은 물을 상상하고, 폐로 들어차는 차가운 고통을 상상했다. 그리고 다시 살아나와 별의 부스러기 같은 지푸라기를 잡고 매달렸다. 물기를 뚝뚝 흘리며 거리로 걸어나왔다. 그 계절의 모든 거리는 춥고 어두웠다. 아무 의미도 아닌, 아무 가치도 없는 겨우 몇 마디의 말에 오랫동안 매달렸다. 그 매달림 때문에 결국 죽지 못한 나는 사방으로 물기를 뚝뚝 흘리며 걸어다녔다. 모든 희망은 급히 절망을 데려왔고, 시간이 뒤엉켰다.

한동안 잔잔하던 수면이 자꾸만 움직였다. 어느 날, 흔들리는 수면을 뚫고 내 안에 살던 괴물이 튀어나왔다. 괴물은 울기 시작했다. 달랠 수가 없었다. 괴물이 무엇을 위해 그러는지 잘 알 수 없었다. 그러나 괴물의 목표물이 나라는 건 알 수 있었다. 그 괴물을 잊기 위해, 나는 허우적거렸다. 허우적댈수록 가라앉았다. 누구도 모를 것이다. 내가 얼마만한 어둠과 싸워야 하는지. 혹은 누구나 알 것이다. 저마다 자기 앞에 놓인 어둠의 그 절망적인 크기를.

어린 시절부터 알고 있었다. 내 앞의 어둠. 친밀하고 익숙한, 그리고 거대하던 어둠. 한동안은 누군가 눈치챌까봐 두려워하던.

그리고 그날, 엄마 방에 있던 누런 종이봉투. 비닐봉지로 겹겹이 싸인, 그걸 하나씩 열고 꺼낸 둘둘 말린 종이봉투. 그 안에는 무엇이 들어 있었나. 봉투를 열어보려고 말린 걸 풀다가 나는 멈칫했다. 어쩐지 그 안에 들어 있는 건 보통 물건이 아닌 것 같아서. 알 수 없는 무게와 촉감, 뭔지 모를 부피와 밀도. 무겁지도 가볍지도 딱딱하지도 물렁하지도 않은 것.

나는 그게 죽은 사람일 것이라고 생각했다. 어쩌면 얼마 전에 돌아가신 증조모의 뼛가루인지도 몰랐다. 왕할머니, 화장했을까? 그 당시 사진들에는 정확히 나오지 않아서 확신할 수 없다. 어쩌면, 가보진 못했지만, 어딘가에 묘가 있을지도 모른다. 아무튼 그때 나에게 그 봉투 속의, 어른 손으로 두세 줌 정도 되는 물건을 끝까지 열어서 볼 용기는 없었다. 나는 종이 봉투를 다시 둘둘 말아 비닐봉지에 넣었다.

아마도 그 무렵부터였을까, 생이 이토록 묘연해지기 시작한 것이. 한 사람의 생애가 누런 종이봉투 안에 둘둘 말려 들어 있다고 상상했던 바로 그날, 무서운 게 아니라 어쩐지 두렵고 아프던, 어떤 비밀을 엿본 듯한 기분. 누군가의 죽음을 만졌기 때문에 죄를 지은 것 같은, 누구에게든 무릎 꿇고 죄를 빌고 싶던, 끝내 아무도 나를 사랑하지 않을 것 같던 그 이상한 기분. 슬픔도 없던 건조하고 막막한 두려움.

죽고 싶어질 만큼의 슬픔. 강에 뛰어들게 만들고, 강에서 다시 걸어나오게 만드는 슬픔. 그것만이 나를 살게 한다고, 나는 자주 생각한다. 슬픔에 목숨을 걸어야 한다고, 슬픔만이 나를 아름답게 한다고 생각한다.

그런 시절들이 지나간다. 다시 돌아왔다가도 흔적 없이 사라진다. 그렇게 여러 번의 시절이 지나면, 남는 것은 그저 슬픔이거나 슬픔의 그림자일 뿐. 다시 봄이다. 다시 여름이다. 어떻게 나무들이 모든 잎을 벗어버리는지, 흰 눈이 어떻게 그 헐 벗은 나뭇가지를 덮는지, 그리고 다시 그 빈 가지에 푸른 움이 트는지, 꽃이 피는지를 본다. 여러 번, 수없이 많이 보았다. 그리고 지금은 밤꽃이 피는 계절, 6월이다.

＊

　어느 월요일 오전에 나는 4호선 지하철에서 한 여자를 본다. 젊고, 세련되고, 날씬한 그녀. 짧은 바지를 입고, 한쪽 손목에 열쇠 모양의 장식이 달린 금속 팔찌를 끼고 있는 여자. 그녀는 에리히 프롬의 『사랑의 기술』을 읽고 있다.

　그녀의 표정에는 자부심과 기품이 어려 있다. 아름다울 뿐 아니라 지적인 여성. 열쇠 모양의 장식은 상징적이다. 그녀는 사랑을 통해 세계의 문을 열려고 하는 사람이다. 진실과 사랑의 힘을 갖고 자기 자신을 완성하는 사람. 사랑받으려고 하기 전에, 사랑이 무엇인지, 그것에 어떤 비밀이 있는지를 알기 위해 그녀가 명품가방 대신 들고 있는 책 한 권. 그것은 그녀를 완성해주는 어떤 중심처럼 보인다.

　사랑은 인간에게 능동적인 힘이다.

　사랑은 사랑하고 있는 자의 생명과 성장에 대한 우리의 적극적 관심이다.

　사랑이 없으면 인간성은 하루도 존재하지 못한다.

에리히 프롬은 사랑을 이렇게 정의한다. 새삼 사랑이 무엇인지 나는 궁금하지 않지만, 그렇다고 사랑이 무엇인지 안다고 할 수도 없다. 『사랑의 기술』, 이 책은 그저 너무도 익숙한 책이다. 그 책은 어렸을 때, 엄마의 책장에 꽂혀 있던 책들 중 한 권이었다.

엄마는 책을 좋아했고, 나는 엄마의 책을 좋아했다. 내 방에 꽂힌 세계명작전집을 다 읽은 후부터는 엄마의 책장에 꽂힌 시드니 셸던이나 오정희나 이문열을 꺼내 읽었다. 몇 번이고 몇 번이고 반복해서 읽었던 책들도, 문장을 외울 만큼 많이 읽은 책들도 있었다. 읽기 어려운 『에밀』이나 『제2의 성』 같은 책들은 제목과 저자의 이름이라도 기억했다. 1983년판 『구토』의 맨 뒷장에다 낙서와 서명을 해놓았다. 나는 그것들을 동경했다. 책들, 알 수 없는 명령처럼 서 있던 글자의 숲.

엄마는 나를 별로 사랑하지 않았다고 기억한다. 엄마가 내게 예쁘지 않다고 말했기에 예쁘기 위해 무던히도 노력해야 했고, 엄마가 냉정했기 때문에 타인 앞에서는 눈물을 흘리지 않게 되었다. 그런 엄마가 책을 읽었고, 밑줄을 그었기 때문에, 엄마가 쓴 원고지 뭉치가 집 안에 있었기 때문에, 결국 내 안에도 그 책들과 원고지 뭉치가 들어가 버렸다고 생각한다. 나를 사랑하지 않았던, 그러나 나로서는 사랑할 수밖에 없었던 엄마라는 존재가 읽던 책. 그녀가 열심히 밑줄을 그어놓은 책. 하나의 상像이 되어버린 책. 그래서 『사랑의 기술』은 나에게 읽기 힘든 책이었다, 꽤 오랫동안.

만일 그대가 그대 자신을 사랑한다면, 그대는 모든 사람을 그대 자신을 사랑하듯 사랑할 것이다. 그대가 그대 자신보다도 다른 사람을 더 사랑하는 한, 그대는 정녕 그대 자신을 사랑하지 못할 것이다. 그러나 그대 자신을 포함해서 모든 사람을 똑같이 사랑한다면, 그대는 그들을 한 인간으로 사랑할 것이고 이 사람은 신인 동시에 인간이다. 따라서 그는 자기 자신을 사랑하면서 마찬가지로 다른 모든 사람도 사랑하는 위대하고 올바른 사람이다.

엄마가 몇 번이고 밑줄을 쳐놓았던 이 문장을 다시 읽으며, 아, 그랬구나. 엄마는 올바른 사랑의 기술을 갖고 싶었던 거구나. 이제야 조금 이해한다. 그 문장에 밑줄을 긋던 엄마와 비슷한 나이가 되어서야, 최선을 다해 사랑을 주어야 할 내 아이들을 키우며, 엄마와 거의 비슷한 자세로, 같은 책의 같은 부분에 밑줄을 그으면서. 나는 이제 엄마를 이해한다. 엄마가 사랑의 능력을 갖고 싶어 했다는 것을. 엄마 역시 세계의 문을 열고, 자신을 완성하려 했다는 것을. 그리고 어쩌면, 나는 미처 알아채지 못했지만, 나를 제대로 사랑하기 위해서 엄마가 그 책을 읽었을지도 모른다는 것을.

우리는 서로를 끊임없이 사랑하고, 끊임없이 사랑을 알아 채지 못한다. 사랑이 '기술'이라는 에리히 프롬의 말은 그래서 설득력이 있다. 사랑이라는 덩어리가 너무 거대하고 알 수 없 는 것이기에. 사랑이라는 신비는 죽음이나 생명 같은 인간의 기본 전제까지도 극복하게 만드니까. 그리고 사랑을 제대로 전달하지 못하면 사람은 서로에게 죽음보다 더한 상처를 입힐 수도 있으니까. 그것을 능력이라고, 기술이라고 부르고, 그것 에 대한 지식을 갖고 있어야 하는 건 당연한 일이다.

✳

『사랑의 기술』을 읽던 그녀는 어느덧 일어나 자신감 있는 걸음걸이로 지하철에서 내렸다. 손에는 여전히 그 책을 꼭 쥔 채로, 또각또각. 망설임이 없는 얼굴 표정과 달리, 그 뒷모습은 조금 쓸쓸해 보였다. 사람의 뒷모습이라는 것, 거기서 나는 언 제나 뒤척이는 그림자의 파도 같은 것을 본다. 세련되고 도도 하지만, 그녀에게도 슬픔이, 죽을 것 같은 절망이 있겠지. 그럼에도 그녀가 선택한 것은 슬픔이 아닌 사랑인 거겠지.

하지만 사랑 안에는 또한 슬픔이 들어 있지 않은가. 진실한 사랑일수록, 어쩌면, 슬프지 않거나 행복하기만 한 상태를 의미하는 것은 아니지 않은가. 그렇다……. 사랑 안에는 그 모두가 있다……. 생명, 그 묘연한 어긋남, 불행, 슬픔, 어긋난 채로 순환하는 각자의 존재가, 모든 비밀이, 그리고 죽음까지도.

두 사람이 서로 그들 실존의 핵심으로부터 사귈 때, 그러므로 그들이 각기 자신의 실존의 핵심으로부터 자기 자신을 경험할 때 비로소 사랑은 가능하다.

내가 내 실존의 핵심을, 나 자신을 경험해야만 사랑이 가능하다. 그리고 나의 핵심, 나의 중심을 경험하는 것은 사랑을 통해서만 가능하다. 그러므로 사랑이 가능해지면 나 역시 가능해진다. 결국 너에게 다가가는 것, 나를 지우며 너의 중심으로 다가가는 것은 바로 나 자신의 핵심을 경험하는 일이다. 나의 핵심을 어떤 대상에게 주는 일이다. 그것은 죽음을 만지는 것처럼 두려우면서도 놀라운 경험일 것이다. 그것은 사람을 바꿔 놓을 수 있는 것이다. 죽기 때문에 다시 살아가게 하는 것이다.

삶도, 사랑도 순환한다. 사람은 이 모든 순환 안에서 자기 자신을 꿈꾸고, 사랑을 꿈꾼다. 여름이 지나면 다시 가을이 온다. 어둠 앞에서 빛을 보듯, 생은 그렇게 이어진다. 멀어질 듯하면 가까워지고, 잡힐 듯하면 멀어진다. 죽음이 가까워질 때, 비로소 생명을 알게 된다. 슬픔을 통해서 절망은 극복된다. 그것은 기적이다.

그래서 생각해보기로 한다. 사랑보다는, 사랑을 통해 내가 무엇을 볼 것인지를. 내 무엇을, 그들의 무엇을 볼 수 있게 될 것인지를, 그것을 어떻게 보아야 할 것인지를. 나를 누군가에게 '준다'는 신비에 대해서.

『사랑의 기술』을 읽던 그녀에게 나는 어쩐지 고마운 마음이 든다. 그녀가 그 시간 지하철에서 그 책을 읽고 있었기 때문에 그녀의 일부는 나에게 왔고, 그것은 나에게 내 존재를 돌아보게 했다. 슬픔이나 절망을 넘어서는 어떤 것, 그것은 사랑의 기술일 뿐 아니라 사랑의 가능성이며, 사람의 가능성이기도 하다.

우리는 저마다 고유한 것을 갖고 있으며, 그것을 통해 누군가에게 닿을 수 있다. 그것은 한순간일 수도 있지만, 때로 평생에 이르기도 한다. 그 닿음, 그것이야말로 사랑의 다른 이름일지도 모른다. 이 가능성에 대해서, 다시 말해 사랑의 기술에 대해서, 나는 다시 생각해보기로 한다.

　"사랑이 자신의 이름을 지워버린다, 사랑이 / 스스로 너에게 다가간다."[8] 네가 너 자신을 지워버리려 할 때마다, 사랑이 너에게 온다. 사랑이, 이름들을 지우고, 모든 이름을 새로 지으며.

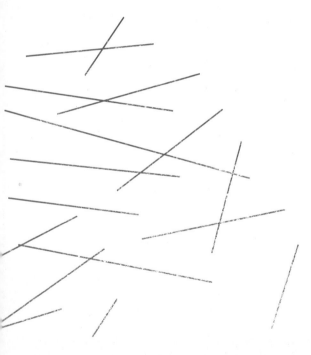

끝없이 알 수 없는 세계를
사랑하다

나는 여름을 좋아한다. 추위보다는 더위를 좋아한다. 겨울의 눈을 좋아하지만, 여름의 바다를 더 좋아하고, 뜨겁게 내리쬐는 햇볕과 후덥지근한 열대야도 나는 별로 싫어하지 않는다. 여름에 더 많은 일을 하고, 더 많은 장소에 가고, 아주 많은 시를 쓴다.

한 가지 더 있다. 내 이름도 '여름'이라는 뜻이다. 내 이름에 대해서 말하자면, 여고 2학년 때로 거슬러 올라가야 한다. 내 이름인 시인 '박시하'는 친구의 이름이기 때문이다(어째서 본명 대신 친구의 이름을 사용하게 되었냐는 질문을 종종 받지만, 그 이유는 사실 나도 모른다. 그냥 얼떨결에 그렇게 된 일, 어떤 의도나 계획 없이 이루어진 일이 삶에서 가장 중요한 뭔가를 결정할 수도 있다는 걸, 나는 그 이름을 통해 알게 되었다).

친구는 성격이 좋고 유머러스했다. 그 친구 덕분에 나는 고등학교 2학년 내내 즐거웠고, 그녀를 좋아했던 것만큼이나 그 친구의 이름을 좋아했다. 그리고 나는 그 이름의 뜻이 부러웠다. 때 시時, 여름 하夏. 여름에 태어난 아이. 나 역시 여름에 태어난 아이였기 때문일까, 그 이름이 오랫동안 마음에 남아 있었던 것 같다.

나는 문예지에 시를 여러 번 투고하면서 단 한 번, 내 본명이 아닌 그 이름을 사용했는데, 우연찮게도 그 투고를 통해서 시인이 되었다. 그리고 이제는 그 이름으로 나를 불러주는 사람들이 있다. 그 이름은 작가로서의 나를 말해주는, 내 일부가 되어버렸다. 역사란 어쩌면 그런 것들로 결정되는 것인지도 모른다. 만남과 직관, 그리고 어떤 알 수 없는 우연들.

그나저나 여름은 갈수록 뜨거워진다. 얼마 전에는 버스를 타려다가 거센 비가 쏟아져서 길거리에 꼼짝없이 갇혔다. 눈앞이 보이지 않을 정도로 세찬 빗발이었다. 우산은 있으나 마나 해서 옷이 순식간에 다 젖었고, 전철역에서 버스 정류장까지 짧은 거리를 이동하는 것도 불가능했다. 원래 여름 소나기는 이런 게 아닌데……. 소나기라는 건 갑작스럽고 시원하게 내리는 비지, 이렇게까지 혹독하게 내리는 비가 아니지 않은가.

인간이 뭔가를 돌이킬 수 없이 망치고 있다는 생각이 종종 든다. 인간은 이 기묘하며 거대한 우주의 극히 작은 일부일 뿐인데 공교롭게도 세계의 주인 행세를 하고 있으며, 그럴 자격을 지니기엔 너무도 파괴적이고 이기적이라는 생각. 사람들은 눈앞의 이익을 위해 대기의 성분을 교란시키고, 오존층을 훼손시키며, 온실효과를 일으킨다.

극지의 빙하가 다 녹으면 세계는 어떻게 되는 것일까? 어느 날 갑자기 오존층이 뚫려버린다면? 나는 지구에 대해, 내가 살고 있는 이 터전에 대해 거의 모르고 있지만, 기후가 변한다는 것이 자주 불길하게 느껴진다. 지구는, 인간을 계속 감당할 수 있을까. 사랑하는 것들을 파괴하기를 즐기는 이 잔인한 종족을 말이다.

✳

그런 생각을 하며 1호선 지하철을 탄. 장맛비가 내리는 늦은 오후. 한 남자가 꽤 두꺼운 책을 펼쳐놓고 읽고 있다. 빌 브라이슨이 쓴『거의 모든 것의 역사』다. 그는 그 책을 아주 재미있다는 표정으로 읽는다. 지하철을 타고 있는 시간으로 보아 직장인은 아닐 테고, 아마도 평소에도 책을 가까이하고 좋아하는 사람일 것 같다. 그가 좀 학자풍이라는 생각이 들어서 혹시나 진짜 과학자는 아닐까 상상해본다. 좀더 구체적으로, 물리학자나 화학자? 물론 어디까지나 즐거운 상상일 뿐, 진짜 물리학자나 화학자일 가능성은 상당히 낮겠지만 말이다.

『거의 모든 것의 역사』는 흥미로운 책이다. 이 책은 과학 교양서이면서 우주의 탄생에서부터 지구와 우주의 나이, 표현할 수조차 없이 거대한 우주의 세계에서부터 미시적인 원자와 양성자의 끝없이 작은 세계, 생명의 기원과 인간의 출현, 일반 상대성이론에서 아보가드로의 법칙까지 아주 많은 사실에 대해 다룬다. 내가 대략이라도 들어본 사실과 전혀 모르고 있던 사실들을 다양하고 간략하며 쉽게 설명하는데, 그것이 다른 무엇보다 내가 살고 있는 세계에 대한 사실이라는 점에서, 거의 모든 이야기가 재미있고 놀랍다.

이 책의 어떤 이야기들은 안타깝고 어이가 없으며 매우 이상하다. 또 어떤 사실들은 굉장히 시적으로 들리기도 한다. 아마도 인간이라는 종種이, 또는 우주의 성질 자체가 그렇기 때문일까.

다른 의미가 있는지는 모르겠지만, 화학적으로 볼 때 생명체는 놀라울 정도로 평범하다. 탄소, 수소, 산소, 질소, 약간의 칼슘, 소량의 황, 그리고 다른 평범한 원소들이 조금씩만 있으면 된다. 동네 약국에서 찾지 못할 것은 하나도 없다. 당신을 구성하고 있는 원자들의 경우에, 유일하게 특별한 점은 그것들이 당신을 구성하고 있다는 사실뿐이다. 물론 그것이 바로 생명의 기적이다.

생명, 몹시 놀랍고도 평범하며, 그래서 기적적인 것. 어느 새벽에 잠이 깬 나는 갑자기 산책을 하고 싶어서 무작정 집을 나섰다. 미명에 잠긴 동네는 조용하고 어두웠다. 여름 새벽의 골목들은 깊이 잠들어 있는 듯했고, 아무런 소음도, 빛도 없었다. 그 새벽길을 걷다 보니, 내가 단순히 골목이나 보도 위에 있는 것이 아니라는 생각이 들었다.

그때 나는 어떤 시간 위를 걷는 것 같았고, 먼 우주의 실재를 느꼈으며, 내가 지구라는 행성 위에 있다는 것을 실감했다. 내 생명을 처음으로 자각하는 느낌이었다. 지구라는 별 위에 내가 서 있고, 살아가고 있으며, 내 발 밑에 언제나 존재하고 있는 것이 하나의 살아 있는 별이라는 사실을.

하늘에는 새벽별들이 드문드문 떠 있었다. 도시의 하늘이기 때문에 별이 아주 잘 보이는 경우는 거의 없지만, 그래도 그 새벽에 몇 개의 반짝임을 지켜볼 수는 있었다. 그것은 몇 개의 기적처럼 보였다.

별은 수십억 년 동안 타고 나서 한순간에 빠르게 죽어버리
지만, 폭발하는 별은 매우 드물다. 대부분은 새벽에 장작불이
꺼지듯이 조용히 사라져버린다.

멀리서 빛나는 저것들은 살아 있는 별의 빛이 아닐 수도
있다. 우주에서는 시간과 공간이 하나이기 때문에, 멀다는 것
은 또한 오래되었다는 뜻이기도 하다. 그 새벽 산책에서, 나는
생명이 어느 날 갑자기 사라지는 일에 대해서 골똘히 생각했
다. 그것은 생명이 태어나는 것만큼이나 기적적인 일이라는
생각이 들었다. 이 우주에서 끊임없이 일어나는 탄생과 소멸
의 일부가 되는 것. 현재의 시공이라는 차원으로 인해 우리가
볼 수 없는 것은 얼마나 많은가. 그러니 어느 새벽에 내가 서
있던 지구라는 별과 나라는 한 인간이 잠시 교감했다면 그것
또한 하나의 기적이면서, 동시에 아주 평범한 순간이었을 것
이다.

사실 우리는 매일의 일상을 새롭게 느끼지는 못한다. 하
지만 모든 신비로운 일은 그저 평범한 일상의 반복 속에 숨어
있는 것이다. 중요한 서류들이 전혀 예상치 못하던 구석에서

발견되듯이 말이다. 나는 이 책을 읽으면서 어떤 과학자들이 몹시 만나보고 싶어졌다. 그러니까 아인슈타인이라든가, 다윈이라든가, 아보가드로라든가. 그들은 어떻게 그런 놀라운 생각을 했던 걸까?

상대성이론을 간단히 설명하면, 공간과 시간이 절대적인 것이 아니라 관찰자와 관찰되는 대상 모두에게 상대적인 것이며, 속도가 빨라질수록 그 차이가 더 커진다는 것이다.

일반상대성이론의 개념들 중에서 우리의 직관에서 벗어나기 때문에 가장 이해하기 어려운 것은 시간이 공간의 일부라는 주장이다.⋯⋯아인슈타인의 주장에 따르면 시간은 변화할 수 있는 것일 뿐만 아니라, 실제로 끊임없이 변화하고 있는 것이다. 시간은 모양도 가지고 있다.

나는 학창시절에 4차원 같다는 소리를 듣는 아이였다. 내가 남과 다른 방식으로 생각하는 이유를 알 수는 없었지만 좀 그렇다는 것 정도는 알고 있었고, 그래서 내겐 언제나 많은 친구보다는 적은 수의 특별한 친구들이 있었다. 그것이 살아가는 데 큰 도움이 되지는 않았고 그 때문에 곤란할 때도 꽤 있었지만, 어쨌든 그런 방식으로 생각하는 나를 바꿀 수는 없었다. 사실 나는 그런 나를 좋아한다. 나만의 특별한 세계가 있다는 건 중요한 일이다. 내 안에 우주가 있다면, 다른 우주들과는 다른 특별한 우주가 있기를 원하기 때문이다.

그런데 인류의 역사에서 중요하고 혁명적인 원리들은 언제나 그런 식으로 발견되었던 모양이다. 모든 사람이 이상하다고 말하고, 그 당시에 사람들이 인정하고 있던 사실들에 부합하지 않으며, 누구도 이해하지 못하는 전혀 다른 어떤 것으로 말이다. 지금 우리가 알고 있는 물리적이거나 화학적, 생물학적인 사실들은 누군가가 사람들의 반대와 무시, 때로는 억압과 질시 속에서 '다른' 무언가를 발견했기 때문에 밝혀진 것이다. 다르다는 말은 같다는 말보다 얼마나 새로운가. 다른 것은 환영받지 못하고 이상하게 여겨질 때가 많지만, 결국 '차이'를 받아들였기 때문에 인류는 진보해온 것이다.

차이를 좀처럼 인정하지 못하는 사람들이 있다. 그런 경향은 자신이 가진 것이 많을수록, 내가 많이 안다고 생각할수록 더 심해진다. '다른' 것들에 대해 마음을 열지 못하는 태도를 고칠 수 없는 사람들은 자기 테두리 안에 갇힌 불쌍한 사람들이다.

나를 기꺼이 무너뜨리고 재건할 수 있는 것, 그것이 삶을

늘 새로운 것으로 만드는 비법이다. 자신의 삶 안에서 혁명을
만나고 삶의 새로운 원칙들을 발견하기 위해서는, 가진 것을
놓치지 않으려고 안달복달하거나 주류에서 밀려나는 것을 두
려워해서는 안 된다. 혁명은 희생 없이 이루어질 수 없는 것이
니까.

＊

1816년은 여름이 없었던 해로 알려져 있다.

사람마다 개인의 역사를 갖고 있다. 이 지하철에 타고 있
는 사람들의 역사에 대해서 생각해본다. 그 개별적인 역사들
에 대해 중요성을 따질 수는 없을 것이다. 어떤 역사는 지루했
고 어떤 역사는 참신했을까? 글쎄다. 가치 없는 생명이 없는
것처럼, 가치 없는 역사도 없다. 존재하는 모든 것에 고유의 시
공이 있기 때문이고, 그 고유의 시공은 또 다른 시공이 만들어
지게 하는 토대가 되기 때문이다. 새로운 것들이 아무리 아름
답고 놀랍다 해도, 완전한 없음에서 새로움이 나올 수는 없다.
우리는 누군가가 만들어놓은 역사 위에서 나의 역사를 만들
수 있을 뿐이다. 결국, 내가 친구의 이름을 빌려서 나의 새 이

름, 새 여름, 새로운 역사를 만든 것처럼.

실제로 빙하기가 기온의 상승에 의해서 시작되었다는 주장
은 처음에 생각했던 것보다 훨씬 더 가능성이 높은 것으로 보
인다. 약간의 온난화에 의해서 증발 속도가 늘어나면 구름이
많아지고, 고위도 지방에서는 더 많은 눈이 내려서 쌓이게 된
다는 주장이다. 실제로 지구 온난화는 역설적으로 북아메리
카와 북부 유럽에 심한 지역적 냉각 효과를 가져올 수도 있다.

대륙빙이 모두 녹으면 해수면은 20층의 건물과 맞먹는 60미
터나 올라가서 세계의 모든 해안 도시들은 물에 잠길 것이다.
적어도 단기적으로는 남극 대륙의 서부에 있는 대륙빙이 녹을
가능성이 높다.

더욱 놀라운 사실은 앞으로 우리가 추위에 얼어죽게 될 시
대를 맞이할 것인지, 아니면 마찬가지로 푹푹 찌는 더위가 찾
아올 것인지를 알 수가 없다는 것이다. 한 가지 확실한 사실은
우리가 칼날 위에서 살고 있다는 것이다.

환경은 단지 우리를 둘러싸고 있는 자연을 말하는 것이

아니다. 환경은 우리의 터전 이상의 의미가 있다. 이 지구의 모든 것, 모든 생물과 무생물, 분자와 원자, 대기를 이루는 원소들…… 그 모든 것은 얼마나 신비로운가. 계절의 변화, 쏟아지는 비, 밤이면 떠오르는 달과 별들…… 나는 그것들에 신비로움과 함께 어떤 비밀과 이유가 숨어 있다는 생각이 들고는 한다.

모든 것에는 우리가 알지 못하는 역사가 있고, 예상할 수 없는 미래가 있다. 빌 브라이슨의 말처럼, "우리의 우주에서 어떤 형태이거나 상관없이 생명을 얻는다는 것 자체가 엄청난 성과이다". 인간이 앞으로 이 행성 위에서 얼마나 더 살 수 있을지, 우리는 아무것도 알지 못한다. 우리는 그저 더럽히고 파괴하며 쓰레기를 남긴다. 그러나 지금 이 순간도 우리를 살아가게 해주는 모든 작용에 의해, 그 신비에 의해 나는 여기에서 이 글을 쓰고 있다.

나를 존재하게 해주는 이 행성과 우주의 모든 것에게 감사한다. 끝없이 이상하고 신비로우며, 알 수 없음으로 가득 찬 이 세계를 사랑한다. 비록 우리가 칼날처럼 불안한 세계에서 살며, 모두가 태양계 구석자리의 "작고 외로운 얼음 덩어리"(빌 브라이슨은 '명왕성'에 대해 이렇게 표현했다)와 비슷한 처지라고 해도.

당신에게도
그린라이트가 있나요?

나는 꽤 오랜 기간 편집 디자이너였다. 미술대학을 나와서 디자이너로 일을 했고, 결혼 후에도 세 아이를 낳고 키우는 틈틈이 직장을 다니거나 아르바이트를 했다. 일하기를 특별히 좋아했던 것은 아니다. 단지 일을 해야만 육아의 고통에서 잠시나마 해방될 수 있기도 했고, 또 워낙 가만히 있지 못하는 성격 탓이기도 했다.

아무튼 내겐 어린 세 아이의 엄마이면서 디자이너로서 직장을 다니고, 그러면서도 마음 한편으로는 시를 생각하고 있던 한 시절이 있었다. 삶이 빛의 속도로 흘러갔고, 그 빛이 꺼져버릴 것을 별로 걱정하지도 않던 때였다.

나는 솔직히 말해 이직률이 높은 직장인이었다. 디자인이라는 일 자체에 대해서는 성실했으나 부당한 권력 행사를 오래 참아내지 못했고, 디자인이라는 작업이 단순한 노동에 불과해질 때를 견디기 힘들어했다. 물론 가끔은 좋은 상사나 동료도 있었고, 디자인이 노동에서 벗어나 아트워크에 가까워질 때도 없지는 않았다. 그러나 현실적인 것들보다는 모호하고 이상적인 것들에 치중하는 내 경향 때문일까, 나는 능숙한 디자이너는 될 수 없었고 대개의 직장에서 잘 적응하지 못했다.

직업적 캐리어를 쌓는 일에 무관심한 한편으로 경험해보지 않은 새로운 일에 도전하는 것을 즐기기도 해서, 나는 직급도 늘 오르락내리락하고 무엇보다 일한 분야가 다양했다. 팬시 디자인, 광고 디자인, 북디자인, 각종 카탈로그나 리플릿 디자인, 포스터 디자인, 심지어는 전단지 디자인도 해보았으니, 사실상 그래픽 디자이너가 일선에서 할 수 있는 일은 거의 다 해본 셈이다.

계속해서 일을 했다는 점에서 내가 실질적인 디자인 작업을 싫어하지는 않았던 것 같고, 제법 멀티(?)한 디자이너이기도 했지만, 나는 디자이너라는 직업을 가진 사람이 되기엔 어떻게 봐도 상당히 부족했다. 글쎄다, 나는 아무래도 글쟁이가 될 운명이었던 것 같다.

한동안 잡지 디자인 아르바이트를 하던 조그만 잡지사가 옥수역 부근에 있었다(그렇다. 나는 잡지 디자인도 해보았다).

보잘것없는 급료를 받으면서 매달 한 권의 잡지를 만들기 위해 수많은 날밤을 꼬박 새웠던 고된 노동의 현장이었지만, 새로운 일을 배울 수 있고 좋은 동료들을 만날 수 있어서 나쁘지만은 않았다. 한편으로 그때는 마음에 검은 웅덩이 같은 아픔과 우울을 숨겨두고 있던 시기이기도 했고, 그런 내게 노동은 상당한 치유의 효과가 있었다. 나는 그 검은 웅덩이를 내가 정성들여 작업한 표지와 레이아웃들을 통해 효과적으로 마음의 심연에 가둘 수 있었던 것이다.

그 시절에 대한 아프면서도 아름다운 이미지들을 몇 개 기억한다. 사무실 주변에 잔뜩 피어났던 벚꽃들, 그 사이에 지친 몸으로 멍하니 앉아 있던 어느 봄날 오후. 장맛비가 쏟아지던 여름, 야근을 하고 건물을 나오던 새벽의 냄새 같은. 무엇보다 나는 옥수역을 좋아했다. 공중에 떠 있는 그 역사驛舍에 서 있으면 강물 위에 흔들리며 서 있는 기분이 들고는 했다.

내 첫 번째 시집에는 지하철에 관한 시들이 몇 있는데, 「옥수역」은 그때의 경험을 바탕으로 쓴 것이다. 나는 때로 버스나 지하철, 혹은 비행기를 타고 어딘가로 이동하는 경험에서 시를 얻고는 한다. 시 자체가 일종의 이동 수단일 수도 있고, 이동의 경험이 시적인 것일 수도 있으며, 결국 삶 자체가 이동하는 것이기도 하기 때문이다. 언제나, 어딘가를 향하여.

가끔 이동이 내가 선택한 치료법이 될 때도 있었다. 스스로 내 삶을 이동시키는 것. 어떤 장소를 떠나고, 어딘가로 다시 출발하는 것. 그것은 푸른 강물 위에서 흔들리면서도 삶 속의 무언가를 끊임없이 사랑할 수 있는 방법이었다. 그것을 통해서 나는 삶의 통증을 잊을 수 있었고, 실제로 내 삶을 조금씩 이동시킬 수도 있었다.

시간 역시 끊임없이 이동하는 것 중의 하나다. 시간의 이동을 따라 추억이라는 이름의 궤적들이 생겨난다. 뭔가는 잊히고 뭔가는 사라지며, 그 과정은 또 다른 나 자신을 남긴다. 그런 시간들을 통과하다 보니 어느덧 나는 시인의 삶을 살고 있다. 그리고 장맛비가 내리는 7월, 나는 또다시 3호선을 타고 옥수역에 도착한다.

❋

열차가 지하에서 지상으로 나아가는 순간, 앞에 앉은 청년이 『위대한 개츠비』를 읽고 있는 것이 눈에 띈다. 피츠제럴드의 그 유명한 소설 속 주인공, 개츠비는 인간이 빠지는 헛된 매혹에 대한 위대한, 그리고 슬픈 상징이다. '그린라이트'를 향한 착각 어린 도취 없이 어떻게 삶을 유지할 수 있을까. 매혹과 맹목이 없는 생은 얼마나 재미없는 것인가. 나는 언제나 개츠비의 편이고, 『위대한 개츠비』를 읽는 사람이라면 일단 좋은 사람 같아 보인다. 설사 한여름에 빵모자를 쓰고, 체크무늬 바지를 입었다 해도 말이다.

지하철에서 책을 읽는 사람이라면, 내겐 모두 섹시하다. 나이나 외모와는 상관이 없다. 그들이 읽고 있는 책이 어떤 책인지를 확인하는 일은 그래서 굉장히 흥미진진한 일이 된다. 그런데 저 젊은 남자는 책보다 모자에 자꾸만 눈길이 가는 것이다. 어쩔 수 없다. 여름에 챙도 달리지 않은 빵모자를 쓴 남자가 읽고 있는 책이 『위대한 개츠비』라는 건, 절대 우연처럼 보이지 않으니까.

그는 쌓여 있는 셔츠를 한 더미 꺼내더니 우리 앞으로 하나씩 던졌다. 얇은 리넨 셔츠와 두꺼운 실크 셔츠, 고급 플란넬 셔츠들이 떨어짐과 동시에 매끈하게 펴지며 테이블을 알록달록하게 덮었다. 우리가 감탄하는 동안 그가 셔츠를 더 많이 가져와서 부드럽고 화려한 셔츠가 점점 더 높이 쌓였다. 산호색과 풋사과색, 라벤더색과 연한 오렌지색의 줄무늬 셔츠, 소용돌이무늬 셔츠, 격자무늬 셔츠에 인디언블루색으로 그의 이니셜이 새겨져 있었다. 갑자기 데이지가 셔츠에 머리를 파묻

더니 엉엉 울기 시작했다. "정말 아름다운 셔츠들이에요." 그녀가 흐느꼈다.

좀 다른 이야기지만, 나는 옷을 아주 좋아한다. 아름답고 매혹적인 옷들의 그 무늬와 색깔, 질감들이 좋다. 옷을 입는 것보다 옷을 만져보거나 구경하는 일이 좋을 때도 많다. 인간이 자신의 육체에 덧씌우는 그것, 처음부터 끝까지 오직 껍데기일 뿐인 그 현혹을 좋아한다. 그러나 좋아하고 관심이 있다고 해서 옷을 잘 입을 수 있는 것은 아닌 것 같다. 오히려 나는 늘 옷에 서툴다. 옷 입기에도 서툴고, 제대로 관리하지도 못한다. 그저 옷이 아름답고 좋다고 생각하고 관심을 쏟을 뿐이다.

또 나는 우산도 좋아하는데, 어떤 우산이든 오래 갖고 있지 못한다. 특히 마음에 드는 우산일수록 더 빨리 잃어버리기 때문에 일부러 마음에 들지 않는 디자인을 고르기도 한다. 잃어버려도 괜찮을 것 같은, 흔하고 평범한 검은 우산을 나는 수없이 많이 샀다. 그리고 수도 없이 많이 잃어버렸다. 내게 있다가 다른 사람에게 이동한 검은 우산들을 나는 도대체 몇 개나 가졌던 걸까, 결코 다 기억하지는 못하겠지만.

옥수역에 있던 잡지사에 다니던 시절에도 나는 검은 우산을 들고 다녔다. 내가 유독 그 시절의 검은 우산을 기억하는 이유는 잘 모르겠지만, 어쨌든 하나의 이미지가 분명하게 남아 있다. 비가 내렸고, 우산은 검은색이었으며, 누군가와 함께 그 우산을 쓰고 걸었던 것 같다. 어떤 의미가 담긴 장면이 아닌데도 그 이미지를 나는 자주 떠올리는데, 그건 어쩌면 그 시절의 내 모습인지도 모르겠다. 그때의 내게는 일상이라는 비가 끝없이 내렸고, 꿈은 비 그친 후의 무지개처럼 멀리 있었으며, 스쳐 지나가는 삶의 속도를 바라보던 잊힌 검은 우산처럼 언제나 나는 망연했던 것이었는지도.

물론 그것 말고도 내가 기억하는 내 삶의 우산은 많다. 노란색이기도 하고 보라색이기도 한, 그 잃어버린 우산들은 내 삶의 한 시절을 함께했고, 그 시간들처럼 영원히 어딘가로 사라지고 말았다.

> 역사가 흔들릴 때
> 문득 두고 온 사랑이 생각났다
> 푸른 강물 위
> 새로 도착하는 生과
> 변함없이 떠나고 있는 生들이 일렁인다
> 「옥수역」에서

우리는 자신의 삶을 이동시키기도 하고, 스스로 삶이 이동되기도 한다. 현혹을 통해서, 또는 맹목을 통해서, 우리는 끊임없이 우리 자신을 얻고 또 잃어버린다. 거기 있는 것이 진짜 내가 바라는 그것인지 알지도 못하면서, 우리는 언제나 어떤 장소에 도착하고, 또 하나의 검은 우산을 잃어버린 후 다시 그 장소를 떠난다. 비는 여전히 다시 내리며, 새 검은 우산을 사야 하는 일이 반복된다. 그건 늘 멀리 있는 꿈 때문일까, 개츠비가 믿었던 그 초록 불빛처럼.

그는 이상한 방식으로 두 팔을 어두운 바다 쪽으로 뻗었는데, 멀리 떨어져 있긴 했지만 분명 몸을 부르르 떨고 있었다. 나도 모르게 바다 쪽을 바라보았지만, 저 멀리에는 부두 끝에 비추는 것 같은 자그마한 초록 불빛 말곤 아무것도 눈에 띄지 않았다.

개츠비는 초록 불빛을 믿었다. 해가 갈수록 우리 앞에서 물러나는 환희의 미래를 믿었다. 그것은 우리를 피했지만, 그건 중요하지 않다. 내일이면 우리는 더 빨리 달릴 것이며, 더 멀리 팔을 뻗을 것이다…… 그러면 어느 맑은 날 아침에는…… 그래서 우리는 조류를 거슬러 가는 배처럼, 끊임없이 과거로 밀려나면서도 계속 앞으로 나아가는 것이다.

＊

　　인간은 왜 아름다움을 사랑할까. 어째서 아름다움이라는
것이 헛된 것이고, 때로는 치명적인 것이라는 사실을 모를 수
밖에 없게 되는 걸까. 그러나 인간에게 그것마저 없다면 또 어
떤 것이 있을까. 세계에 가득한 전쟁과 폭력을 잊고, 무엇보다
나 자신의 추악함을 잊기 위해서 우리가 바라볼 수 있는 것이
달리 무엇이 있을까.

　　나는 아름다운 사물들을 사랑한다. 아름다운 사람들 역시
사랑한다. 슬프게도, 삶의 공허를 막기 위해 우리는 그런 것들
에 투신한다. 어리석지만, 뭔가로 그 공허를 막아보려고 애를
쓴다. 그 헛된 갈망의 힘으로 앞으로 나아간다. 그렇게 해서,
떠남은 끊임없이 새로운 출발이 된다.

　　　그들은 썩어 빠진 족속이에요. 나는 잔디밭 너머로 소리
　　쳤다. 당신 한 사람이 그 빌어먹을 족속을 다 합친 것보다 나
　　아요.

　　꿈을 향해 손을 뻗었기 때문에, 그 꿈을 끝까지 믿었기 때
문에 결국 죽임을 당하는 남자. 별을 껴안은 사람은 상처를 입

는 것이다. 그러나 사람은 고통으로 슬픔을 이겨낼 수 있다. 피 흘리는 것 자체가 살아 있음이니까. 삶의 거대한 공허를 막아 낼 수 있는 고통, 멀리서 빛나는 초록 불빛……

나는『위대한 개츠비』를 읽고 있는 청년에게 말해주고 싶다. '이봐요, 계절에는 좀 안 맞지만, 당신에게는 그 빵모자가 참 잘 어울리네요. 당신은 멋진 사람 같아요. 그 체크무늬 바지도 멋있고요. 무엇보다 당신은 지하철에서, 이 비참한 도시의 지하를 가르면서,『위대한 개츠비』를 읽고 있군요. 당신에게도 그린라이트가 있나요? 당신의 초록 불빛은 어떤 것인가요?'

옥수역을 떠난 열차는 강물 위를 달린다. 과거에, 그리고 지금도, 내 초록 불빛은 글쓰기다. 그것의 매혹은 너무도 분명하고, 그 빛은 가까운 듯하다가도 언제나 멀어진다. 그리고 나는 그 불안과 갈망의 힘으로 계속 나아간다. 검은 우산처럼 수없이 나 자신을 잃고, 또 다시 나를 어딘가로 출발시키면서.

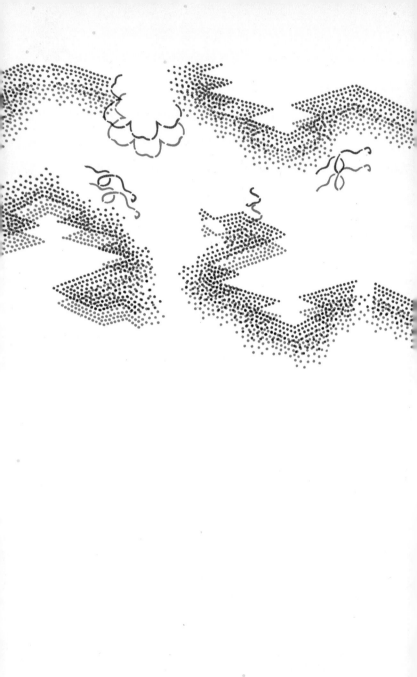

오래된 미래를
읽고 있는 사람들

　　지하철에 대한 내 최초의 기억은 열한 살 무렵의 것이다. 그 기억은 재미와 설렘이 아니라, 공포와 안도의 감정이다. 엄마와 나, 남동생이 함께 지하철에 타려다가 미처 동생이 따라 타지 못하고 문이 닫혀 버린 것이다. 지하철은 속절없이 역을 떠났고, 남겨진 동생이 잔뜩 울음이 번진 얼굴로 달려오던 장면이 기억난다. 그때 동생은 여덟 살, 혼자서 남겨진다면 집까지 찾아올 수 없는 나이였다. 다행히 승강장에서 울고 있는 동생을 발견한 역무원 덕분에 우리는 다시 만날 수 있었지만, 어린 동생과 생이별을 할 뻔했던 그 기억은 아직도 가끔씩 떠오른다(동생은 결국 별 탈 없이 성장해서 지금은 두 아이를 키우는 아빠가 되어 있다).

　　우리나라 최초의 지하철인 1호선이 완공된 것은 1974년이라고 하니, 지하철과 나는 비슷한 또래인 셈이다. 서울 지하철과 나는 같은 시대를 살아온 것이다. 1호선을 비롯해서 2호선, 3호선, 4호선까지 추억이 어려 있지 않은 노선이 없다. 나는 지하철을 친구들과 함께 탔고, 첫사랑과 함께 탔으며, 가족과 함께 탔다. 지하철을 타고 학교를 다녔고, 직장을 다녔다. 지하철에서 수많은 책을 읽었고, 음악을 들었고, 쓸데없는 물건을 샀으며, 안타까운 일들을 목격했다. 나는 지하철과 함께 컸다. 지하철이 없었다면 읽지 못했을 책들이 있었을 것이고, 겪지 못했을 경험이 있었을 것이며, 학교와 직장을 다니기도 몇 배는 더 힘들었을 것이다. 지하철이 없었다면, 나는 지금의 내가 되지 못했을 것이다.

나는 아직도 지하철을 타고 다닌다. 7월의 목요일 오전, 오랜만에 1호선을 탔다. 동대문역에서 서울역을 거쳐 신도림역, 구로역, 관악역까지 가는 길고 긴 여정. 생각해보면 1호선은 정말 오래된 지하철이다. 서민들과 함께해왔고, 수없이 많은 아픈 사연을 싣고 달려왔다. 그 많은 하루하루를 빠짐없이, 누군가를 목적지에 데려다 주었다. 물론, 원치 않는 곳으로 가야만 했던 많은 사람을 포함해서.

지금도 1호선에는 지치고 낡고 오래된 사람들, 아프고 병들고 불행한 사람들이 탄다. 다른 노선보다는 1호선에 타는 사람들이 조금 더 번잡하고 조금 더 가난하다. 아줌마, 할아버지, 아가씨들, 창녀, 병자, 잡상인, 소매치기들, 실직자들, 노숙자들, 학생, 선생님, 회사원, 예술가들. 내 이웃이며, 나와 함께 이 나라와 도시의 같은 시절을, 함께 지하철을 타고 다니며 살아가는 사람들. 평소에는 얼굴 마주 볼 일 없는 그 사람들을, 지하철을 타면 상당히 가까운 거리에서 마주치게 된다. 나는 그 사실이 부담스럽거나 싫지만은 않다.

내 옆에 앉은 아가씨가 사정없이 조는 바람에, 하는 수 없이 한쪽 어깨를 빌려준다. 먼발치에서 한 남자가 책을 읽고 있는 게 보이고, 건너편에 앉은 여학생은 놀랍게도 시집을 읽고 있다.

그렇다! 지하철에서 책을 읽는 사람들이 아직은 있고, 그들은 지하철을 나름 훌륭한 독서실로 이용한다. 물론 서울 사람들은 지하철에서 책을 읽기보다 주로 스마트폰을 만지작거리지만, '지하철에서 책을 읽는 사람들'이 그렇게까지 드문 풍경은 아니다. 스마트폰보다 책을 들고 있는 사람들이 세련되고 모던한 사람으로 보이는 건 당연하다. 도구의 새로움보다는 내면의 새로움이 새로운 것이고, 자기만의 세계를 갖고 있는 사람이 최신 전자제품을 가진 사람보다 앞서가는 사람일 테니까. 오래된 지하철에서, 더욱더 오래된 미래를 읽고 있는 사람들. 나는 그들이 좋다.

지하철은 어떤 곳보다 현실적인 도시의 삶 자체다. 지하
철에는 뭔가를 파는 사람들이 있다. 구걸하는 사람이 있고, 전
도傳道하는 사람도 있다. 연인들은 사랑을 하고, 학생들은 공
부를 한다. 나는 지하철에서 자주 시를 읽는다. 꾸며낸 언어를
입히지 않은 것, 아름답거나 숭고하지 않은 것, 우리의 삶에 맞
닿아 있는 것들이 더 시에 가까울 때가 많기 때문이고, 그 어느
곳보다 그런 사람들의 모습을 가까운 거리에서 관찰하게 되는
곳이 지하철이기 때문일 것이다.

＊

지하철은 지금 남영역을 지나고 있다. 이제 지하가 아닌
지상을 달리고 있다. 차창 너머로 숙명여자대학교가 지나가
고, 크고 작은 건물들이 지나가고, 광고판, 아파트들이 지나간
다. 나는 흐린 하늘 아래로 끊임없이 지나쳐가는 도시를 바라
본다. 그 사이 시집을 읽던 여학생은 내렸나 보다. 이제 내 건
너편 자리에는 두 청춘 남녀가 수줍은 표정으로 뭔가 신이 나
서 이야기를 나누고 있다.

젖은 우산을 든 사람들이 보인다. 창밖으로 내리는 빗발

아래, 지하철은 한강을 건넌다. 수많은 역사와 기억을 품고서도 저토록 담담한 강물이, 조용히 빗방울을 맞으며 누워 있다. 노량진역에서 보이는 창밖 풍경은 쓸쓸하다 못해 기괴하다. 낡고 무너져가는 건물들 너머로 우뚝 서 있는 63빌딩의 대비. 장맛비는 그 이상한 풍경 위로 내리고, 그 순간, 나는 서울이라는 도시의 한없는 슬픔을 느낀다. 이 도시는, 얼마나 이상한 곳인지.

비는 정직하고 공평하게 내린다. 그러나 내 눈앞을 지나가는 풍경은 가난과 풍요를 동시에 품고 있다. 누군가는 온 마음을 다해 절망하고, 누군가는 되풀이되는 이별을 슬퍼하며, 누군가는 먹을 것이 없어서 병이 들고, 누군가는 자신이 가진 돈과 권력을 이용해 사람들을 멸시한다. 그리고 40년째 이 도시의 지하를 변함없이 관통하는 지하철 1호선……. 가난한 서민의 이동 수단이며, 소중한 누군가를 만나기도 하고, 소중한 무언가를 잃어버리기도 하는 곳, 그리고 괜찮은 독서실이기도 한 곳. 앳된 여학생이 읽던 시집은 황인숙의 시집이었다. 내가 좋아하는 시집 중의 하나다. 『나의 침울한, 소중한 이여』.

비가 온다.

네게 말할 게 생겨서 기뻐.

비가 온다구!

나는 비가 되었어요.

나는 빗방울이 되었어요.

난 날개 달린 빗방울이 되었어요.

나는 신나게 날아가.

유리창을 열어둬.

네 이마에 부딪힐 거야.

네 눈썹에 부딪힐 거야.

너를 흠뻑 적실 거야.

유리창을 열어둬.

비가 온다구!

비가 온다구!

나의 소중한 이여.

나의 침울한, 소중한 이여.

_「나의 침울한, 소중한 이여」

내가 황인숙의 시집을 처음 읽던 시절을 기억한다. 시인의 육성을 그대로 전해주던, 감정을 여과 없이 투명하게 나타내는 시어들에 매료당했다. 문학과 시를 늦게 접했던 나는 문학에 대한 거창한 꿈과 야망이 있었다기보다는 글쓰기와 책에, 막연하고 강렬하게 이끌렸다.

텍스트의 세계에는 모든 것이 있었고, 동시에 아무것도 없었다. 그 가득 찬 공허는 지금도 나를 문학에서, 시에서 떠날 수 없게 한다. 시를 쓰는 일이 때로는 고통스럽지만, 이제 시는 나라는 사람의 모든 것을 의미한다. 누군가에게 손을 내밀 때나 누군가를 떠나보낼 때, 무언가를 잃었을 때, 무언가를 새로 얻었을 때, 삶의 모든 정황과 국면에 맞서서, 나는 시로서 그 사실과 상황과 감정들을 읽고, 받아들이며, 재해석한다. 하지만 시는 단지 내 삶의 순간들만을 의미하지는 않는다. 시는 언제나 '그 이상의 무엇'이다. 시는 시 자체다. 삶이, 사람이 그 자체로서 하나의 우주이듯이.

비가 내린다. 차창으로 지나가는 도시의 풍경과 끊임없이 타고 내리는 사람들 너머로, 삶이라는 열차에 내리는 비. 저 비의 역사는 얼마나 오래되었을까. 내리는 비보다 절절한 시가 또 있을까.

그리고 나는, 사람들을 생각한다. 내 앞에 있는 저 모르는 이들. 저마다 삶의 비밀과 역사를 안고 살아가는 사람들. 모든 사람 한 명 한 명은, 그대로 한 편의 시가 된다. 누구나 한 사람의 시다. 그래서 시는 모든 곳에서 볼 수 있다. 어떤 장면도 시가 될 수 있다, 그것이 인간의 진실을 보여주는 것이라면.

※

영등포역을 지나갈 때, 내 옆에 앉은 할아버지 두 분이 두런두런 이야기를 나눈다. 낮고 느리고 늙고 지친 음성이지만, 놀랍게도 그들의 화제는 여자 이야기, 돈 이야기다. 아, 인간의 관심사는 결국 사랑과 삶이구나. 살아 있는 한, 우리는 사람을 그리워하고, 누군가를 만나고, 행복해지고 싶어 하겠지. 살아 있는 한, 우리는 어딘가로 가고 싶어 하고, 부단히 어딘가로 떠나며, 언제나 무언가를 향하고 있겠지.

지하철 안에는 지치지도 않고 스마트폰을 들여다보는 사람들이 있고, 여전히 책을 읽고 있는 남자가 있고, 등산복을 입은 노인이 3,000원짜리 '스파이 벨트'를 팔고 있다. 이렇게 지하철은 매일 도시를 관통하며 기나긴 역사가, 세월이 되어간다. 한 개인의 역사에서부터, 이 도시의 역사까지를 모두 싣고서. 이 지하철의 목적지는 어디인가요, 우리의 삶은 대체 어디를 향하는 건가요. 나는 문득 누구에겐가 묻고 싶어진다.

북풍이 빈약한 벽을
휘휘 감아준다
먼지와 차가운 습기의 휘장이
유리창을 가린다
개들이 보초처럼 짖는다

어둠이
푹신하게
깔린다

알아?
네가 있어서
세상에 태어난 게
덜 외롭다.
_「일요일의 노래」

　　나는 내 아이들과 서울에 살며, 가끔 함께 지하철을 탄다.
내가 타던, 나와 함께 시간을 통과해온, 바로 그 지하철이다.
이 반복, 이 역사를 무어라 할까. 한 편의 기나긴 시 같은 것.
우리의 삶을 가로지르는 지하철, 지하철을 타는 삶들에 대해 생각한다. 시를 읽는 사람들과 그 사람들 안의 시처럼. 우리는 그렇게 맞물려 있다.

문득, 하나의 희망이 생긴다. 사람들이 지하철에서 시집을 더 많이 읽었으면 좋겠다. 지하철에 시집이 꽂혀 있었으면 좋겠다. 지하철과 시는 닮았으니까. 지하철은 삶 자체이고, 우리와 함께 살아가는 존재이며, 아픔과 고통과 사랑과 이별, 그리고 죽음까지 모두 함께하니까. 그리고 시는 바로 그것, 인간, 삶, 우리에 대한 노래이니까.

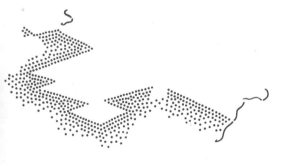

쓸모없는 것들을
위하여

저녁 무렵의 바람이 문득 선선하다. 늦여름, 이제 곧 가을이 올 것이다. 잠자리들이 낮게 날고 하늘이 문득 높아지는 계절. 이 해가 시작된 게 바로 어제 같은데, 벌써 한 해의 마무리를 생각해야 하는 시간이 오고 있다.

나는 봄에 처음 본 나비의 색이 노란색인지 흰색인지를 유심히 보는 습관이 있는데, 그것은 그 해 처음으로 노란 나비를 본다면 한 해의 운이 좋을 것이고, 흰 나비를 보면 별로일 거라는 나만의 '나비점' 때문이다. 올해의 내 첫 나비는 노란 나비였는데, 그렇다면 올해는 좋은 해였던 셈일까?

올해의 운이 어떤지 아직은 모르겠지만, 지금 이 순간 나는 약속시간에 늦은 채 지하철 2호선을 타고 있다. 책을 읽다가 내릴 역을 한참 지나쳤기 때문이다. 합정역에서 내렸어야 하는데 대림역까지 가다니, 이미 이렇게 된 이상 늦는 수밖에 별 도리는 없지만, 아무래도 오늘의 운세가 좋다고는 할 수 없겠다. 약속시간을 지키지 못하게 된 것에 은근히 스트레스를 받으며 서 있는데, 내 옆쪽 자리에 앉은 한 여자가 삽화가 그려진 동화책을 읽고 있는 것이 보인다.

그 책이 어떤 책인지, 나는 애써 책표지를 보지 않아도 단박에 알아챈다. 내가 '무민'을 못 알아볼 리는 없으니까. 무민, 내 유년의 즐거운 친구들, 내 나비점의 기원이 된 그 책! 더구나 무민 동화책을 읽고 있는 사람은 내 또래인 것 같다. 아마도 나와 비슷한 추억을 공유하는 사람이거나, 적어도 무민을 매우 좋아하는 사람일 것이다. 2호선 지하철에서 무민 이야기를 읽고 있는 사람 덕분에, 나는 유쾌한 기억에 잠시 빠질 수 있게 된다.

❋

어린 시절 나는 책벌레였다. 방에 틀어박혀서 엎드려 읽던 책들의 그림이나 장면들이 아직도 눈에 선하다. 그중 어떤 책들은 내 '인생의 책'이 되었고, 어떤 책들은 내 성향을 결정했으며, 많은 책이 기억이나 무의식 속에서 나라는 사람의 여러 면모를 만들었다. 그런 유년의 책 중에서 빼놓을 수 없는 것이 바로 토베 얀손의 『즐거운 무우민네』다.

언제나 즐겁고 명랑하지만, 약간은 엉뚱한 무민 가족이 나오는 토베 얀손의 그 그림책은 어린 나에게 일종의 지침서였다. 무민 가족은 사람이 아니라 뾰족한 귀에 볼록한 배를 가진, 하마 같이 생긴 귀여운 트롤troll이지만, 나는 그들 이야기를 너무도 좋아한 때문인지 어쩐지 무민들과 좀 닮은 사람이 되어버린 것 같다.

갑자기 첫 나비가 눈에 띄었어요. 누구나 알다시피, 봄에 본 첫 나비가 노란색이면 여름은 즐거운 계절이 되지요. 그리고 흰 나비를 보면 그저 조용한 여름을 보내는 거고요. 까만 나비나 갈색 나비는 애깃거리가 안 돼요. 그건 너무 슬프니까요.

무민들은 겨울이면 솔잎을 잔뜩 먹고 나서 긴 겨울잠을 자고, 봄이 되면 뻐꾸기의 울음소리를 듣고 잠에서 깨어난다. 그리고 그들만의 아름다운 여름이 시작되는 것이다. 그 단순하고도 행복한 이야기들을 내가 얼마나 좋아하고, 얼마나 여러 번 읽었는지……. 마법사의 모자에서 피어난 구름이라든지, 커다란 물고기 마멜루크라든지, 스노크 아가씨가 발견한 아름다운 뱃머리 조각상이나 이상하고 귀여운 말을 쓰는 팅거미와 밥에 이르기까지.

무민 가족과 그의 친구들은 인간이 쓸데없이 여기는 자질구레한 것들을 사랑하고, 인간이 두려워하는 것들을 겁내지 않는다. 그들의 세계에서 인간이 귀중하게 여기는 것들은 대개는 쓸모없는 것으로 여겨져서, 황금 같은 것은 그저 정원을 장식하는 돌로 쓰인다. 나는 그들의 이상한 모험으로 가득한 여름을 무척 사랑했고, 그들의 이야기를 읽으며 그럴듯하거나 번지르르한 것들보다 아무도 신경 쓰지 않는 것들에 오히려 진실한 아름다움이 숨어 있다는 것을 배웠다.

8월 말이 되었어요. 밤마다 올빼미들이 부엉부엉 울어 대고 놀란 박쥐 떼가 소리 없이 정원을 날아다녔어요. 무민 숲은 온통 개똥벌레투성이였어요. 바닷물은 어지럽게 출렁거렸고요. 공기 속에 알 수 없는 슬픔과 기대감이 흐르는 가운데 하늘에는 커다란 보름달이 휘영청 떠올랐어요. 무민 트롤은 왠지 몰라도 이 늦여름이 제일 좋았어요. 바람 소리도 파도 소리도 바뀌었어요. 무민 골짜기에는 새로운 기운이 감돌고, 나무들은 뭔가를 기다리고 있는 것 같았어요.

어린 시절, 나는 바람이 하얗다고 느끼기도 하고, 내 안에서 생각하는 또 다른 나는 누구일까 하는 철학적 물음에 골몰하기도 했다. 내 어린 마음은 단순하고도 자유로웠다. 모르긴 해도, 지금 무민 이야기를 읽고 있는 저 여자도 그랬을 테고, 어쩌면 이 글을 읽는 당신도 그랬을 것이다. 하지만 나이가 들어가고 어른이 될수록, 우리는 지상의 삶에서 뭔가를 구분하는 법을 배워간다. 그 기준이 무엇인지, 그 분리에 어떤 의미가 있는지는 별로 생각해보려 하지도 않고, 그저 유리한 것과 불리한 것, 쓸모 있는 것과 그렇지 않은 것, 아름다운 것과 추한 것들을 습관적으로 구분하려 한다.

나는 그런 이분법을 별로 좋아하지 않는다. 반으로 나뉘는 것들은 어쩐지 불합리하고 슬프게 느껴지기 때문이다. 내가 너를 추한 사람의 목록에 올린다면, 너는 나를 아름다운 사람이라고 생각할 수 있을까? 내가 아름다운 사람이라면, 다른 누군가는 추한 사람이 되는 걸까? 사람이든 사물이든, 무언가 존재한다면 그것에 과연 아름답거나 추한 면만 있을까? 우리는 모두 아름답고도 추하고, 악하지만 선하며, 무언가에는 쓸모가 없다 해도 다른 어딘가에서 쓸모 있어지는 존재인 게 아닐까? 어떤 늦여름의 밤이 이상하고도 아름답고, 슬프고도 기대감에 차는 것처럼 말이다.

나는 물건을 잘 버리지 못하는 편이다. 그래서 내 서랍 안에는 늘 평소에 쓰지 않는 것들, 실핀이나 낡은 악세서리나 단추 같은 조그마한 잡동사니들로 가득 차 있는데, 나는 그것들이 쓸모없다고 생각해본 적이 없다. 언젠가는 반드시 그것들이 요긴하게 쓰이는 날이 오기 때문인데, 묘하게도 늘 눈에 띄던 잡동사니가 어느 날 막상 필요해지면 어딘가로 사라져버리는 것이다.

어쩌면 정말로 집 안에 잡동사니를 훔쳐가는 요정이 사는지도 모르지만…… 그보다는…… 사실, 이 복잡 미묘한 세상에서 우리에게 정말 소중하거나 중요한 것들은 그런 숨겨지거나 사라진 면모 속에 있는 게 아닐까 하는 생각이 든다.

진실은 전면에 드러나지 않고 언제나 한 걸음 뒤, 누군가의 옷소매나 호주머니 속, 아무도 신경 쓰지 않는 허름한 담장 구석 같은 곳에서 발견되기 마련이다. 어딘가에 감쪽같이 숨겨져 있지 않다면, 누구나 다 보고 말았다면, 그것은 이미 진실이 아니다. 진실이라는 건 찾아내기 어려워야만 하기 때문이다. 우리 눈에 보이는 것들은 이미 이 '세계'라는 트릭trick에 걸려 있다. 진실은 모두가 그러려니 하는 것이 아니라, '설마 그럴 줄은 정말 몰랐던' 것들이기 마련이다. 이 세계는 너무도 많은 겹으로 이루어져 있으므로.

"어딘가 다른 곳에서./ 어딘가 다른 곳에서./ 사소하기 짝이 없는 이 낱말 조각들이/ 실은 얼마나 커다란 울림을 가지고 있는지"라고 비스와바 쉼보르스카는 말했다.[9] 그렇다, 커다란 울림을 가진 것, 무언가 중요한 것은 실은 어딘가 다른 곳, 사소하기 짝이 없는 것들 속에 있다.

가장 싫다고 여겨지는 것, 추한 것은 어쩌면 가장 아름답고 고귀한 것일 수도 있다. 그토록 고귀해 보이는 것이 어쩌면 가장 추악한 것인지도 모른다. 쓰레기 더미가 진주이며, 다이아몬드는 똥에 불과할지도 모른다. 이 기묘한 트릭들을 우리가 어찌 모두 깨달을 수 있을까. 아니, 어떻게 우리는 그것들을 전혀 모른 채로 이 생을 살아가고 있다는 말인가.

팅거미가 물었어요.

"들어가도 될까?"

"그거야 너한테 달렸지. 이 집 식구들이 아무리 퉁슬궂고 심명스럽게 굴어도, 겁만 안 내면 돼."

팅거미가 물어보았어요.

"두을 문드려 볼까? 하지만 소가 나와서 누리라도 지르면 어쩌지?"

호주머니보다 작은 두 요정, 팅거미와 밥의 이런 특별한 어법에는 놀라운 진실이 담겨 있다. 무엇이든 반대로 해도 통한다는 것, 모든 사실과 사물에는 양면이 있고, 그 한쪽 끝은 또 다른 한쪽 끝과 완전히 반대이기 때문에 오히려 같다는 것……. 가장 멋지고 아름다운 건 지극히 단순하고 근본적이고 사소한 것들이라는 것을 이 꼬마 요정들은 잘 알고 있다.

다른 그 무엇보다, 거대한 황금 산보다, 검은 마법사가 몇백 년을 찾아다니던 '왕의 루비'보다 아름답고 소중한 것은 우리 마음속의 따스한 사랑과 우정이라는 것을. 타인의 고통에 공감하는 마음이 붉은 눈의 마법사가 부리는 마법보다 놀랍고, 더 갖기 어려운 능력이라는 것을. 그러니까 작은 것이 오히려 큰 것이고, 쓸모없는 것들이 가장 쓸모 있는 것들이라는 것을.

때마침 동이 트면서 달이 기울었지요. 아침 바다에서 불어오는 산들바람에 나무들이 와스스 흔들리고 있었답니다.

무민 골짜기에도 가을이 온 걸까요?

아하, 그래요.

가을이 오지 않으면 봄도 다시 올 수 없는 걸요.

＊

어쩌면, 내가 시인이 된 데에는 무민 가족이 한몫했는지도 모르겠다는 생각이 든다. 그들을 창조해내고, 그들의 세계를 그려내어 내게 보여준 토베 얀손에게 작은 감사의 인사를 보낸다. 비록 사소하고 쓸모없는 일일지는 모르지만, 그 어떤 것보다 지금의 내게는 진실하고 따뜻한 그것을⋯⋯.

그리고 지하철에 앉아 있거나 서 있는 사람들의 모습을 새삼 바라본다. 인간은 때로 참담하고 악하고 비겁하지만, 보이는 것이 다는 아니다. 어딘가 다른 곳에서, 저들에게는 또 다른 모습이 있을 것이다. 저 사람들이 소중히 여기는 것들은 무엇이고, 저들의 보이지 않는 마음속에는 무엇이 간직되어 있을까. 그래서 그들은 얼마나 아름다운 사람들일까. 나는 궁금하다.

알 수 없는 모든 것, 그래서 살아갈 가치가 있는 이 생에 찬사를, 매일 지하의 어둠을 헤치며 불행한 사람들을 실어나르는 이 지하철에게도, 모든 생의 보석 같은 순간들을 보낸다. 어둠은 빛이기도 하고, 빛이 어둠이기도 한 것이다. 그러니까, 내 오늘의 운세는 나쁘기도 하고 좋기도 하다. 세상의 모든 것은 나쁘지만도 않고 좋지만도 않은 것이니까.

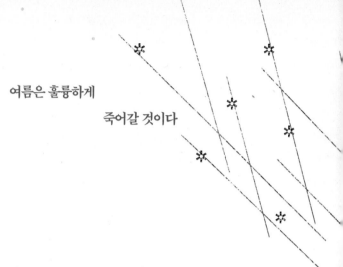

여름은 훌륭하게
죽어갈 것이다

이 여름이 어떻게 지나갈지, 나는 상상할 수 없습니다. 여름이 왔을 때 그 뜨거움을 느끼고 받아들일 수 있을 뿐입니다. 여름이 오고 난 후에는 언제나 가버린다는 것을 마음이 매번 잊어버리기에 나는 여름을 비웃을 수가 없는 것입니다. 그러나 곧 가을이 온다는 것을 알아야 하겠지요. 여름은 다만 지나가려고 온 것이니까요. 그러니까, 뭔가 온다면, 간다는 사실과 함께 오는 것입니다. 영원히 머무는 것은 이 세계에 없습니다.

우리는 계절이 '온다', '간다'라고 말합니다. 무언가가 오고 간다는 것. 여름이 와서 나뭇잎을 자라게 하고, 더 푸르게 하며, 비를 내리고, 태풍을 몰아치게 합니다. 겨울이 와서 세계를 추위로 가득하게 하고, 흰 눈을 퍼붓고, 달빛까지 얼어붙게 만듭니다. 그리고 여름이 가면 가을이, 겨울이 가면 봄이 옵니다.

나는 매번 계절이 오는 것이 새롭고, 가는 것이 아쉽습니다.

가을이 오면 푸른 잎들이 어떤 식으로 물들고 바닥으로 떨어지는지 알고 있습니다. 살아오면서 수없이 많은 가을을 보았으니까요. 아직 가을이 오지는 않았지만, 오늘은 입추立秋 입니다. 가을의 문턱, 바람이 확연히 선선합니다.

*

오늘 지하철에는 유난히 책을 들고 있는 사람이 많군요. 그 사람들 중에, 검은 지하를 달리는 열차의 어딘가에 그대가 앉아 있습니다. 검은색의 긴 치마를 입고, 맑은 눈동자를 통해서 당신이 읽고 있는 책은 밀란 쿤데라의 『생은 다른 곳에』입니다. 체코어로 '봄을 사랑하는 남자', 그리고 '봄의 사랑을 받는 남자'라는 뜻의 '야로밀'이라는 이름을 가진 시인이 등장하는 소설.

당신은 시인입니다. 그래요, 우리는 시인입니다. 시를 쓴다는 공통점 말고도, 우리에게는 여름 태생이라는 공통점이 있습니다. 그것을 처음 알았을 때 참 신기했습니다. 우리가 둘다 사자자리이며, 그것도 같은 '균형의 주간'이라는 사실. 태어난 날이 그 달의 몇 번째 주週인지에 따라 별자리의 주간이

나뉜다는 걸, 나는 당신을 통해서 처음 알았습니다. 당신을 통해서 바흐를 연주하는 스비아토슬라프 리히터를 처음으로 듣게 되었지요. 그대는 내게 이 세상이 어떻게 더 '좋은 곳'이 되는지를 늘 보여주었습니다.

이 현실의 삶이 꿈에 불과하다는 것에, 시를 쓰는 사람들은 암묵적으로 동의하고 있습니다. 지하철을 타고 가는 수많은 사람, 그들이 내면에서 각자 꾸고 있는 꿈이 오히려 현실이라는 것을 시인들은 알고 있습니다. 내가 아는 한, 시인들은 그런 사람들입니다.

세계의 중심을 꿈으로 번역하며 변방에서 홀로 걷는 사람들. 인간적인 것들을 멸시하는, 가장 인간적인 사람들. 돈벌이에 관심 없는 척하지만, 당장 오늘 마실 커피 한 잔에는 한없이 약한 사람들. 물론, 그리 바람직하지는 않은 사람들.

타의 모범이 되지는 못하지만 사랑스러운 시인들을 알고 있습니다. 그들은 세상의 계급 따위와는 애초부터 어울리지 않지요. 세상을 움직이는 공식과는 다른 현실을 살기 때문입니다. 나는 야로밀도 알고 있습니다. 이 소설을 읽은 적이 있으니까요. 그러나 그때는 시인이 되기 전이었습니다. 시인인 지금, 나는 야로밀에 대해 뭔가 묘한 감정을 느낍니다. 동질감이랄까요, 혹은 연민이랄까요. 젊고, 서툴고, 콤플렉스로 가득 찬 인간이며 한 사람의 시인으로서.

　이 소설은 물론 이런 질문들에 대한 해답을 제공하지는 않는다. 하이데거가 말했듯이, 인간의 본질은 질문의 형태를 취하기 때문에 질문 그 자체가 이미 하나의 해답이다.

　'시인'은 인간의 본질에 대한 일종의 질문 같은 존재인지도 모르겠네요. 어른스럽지도 않고, 절대로 점잖지도 않고, 한없이 예민하며 나약한 인간. 또는, 시인들은 인간의 그런 점을 담당한 것일지도 모르겠습니다. 쉽게 사랑에 빠지고, 또 쉽게 그 사랑을 내던지며, 욕망의 화신이면서도 늘 죽음을 꿈꾸는 가엾고 아름다운 사람들. 시인들은 이 세계의 비참하고 아름다운 창문 같은 존재인지도 모릅니다. 아무도 내다보려 하지 않을 수도 있지만, 창문은 언제나 무언가를 보여주고 있는 것입니다.

　퇴근 시간의 지하철에서 프로이트의 『꿈의 해석』을 무릎에 올려놓은 한 회사원을 본 적이 있습니다. 흰 와이셔츠에 줄무늬 타이를 맨 젊은 남자의 차림새는 영락없이 신입 영업사원처럼 보였는데, 정말이지 어울리지 않는 책을 읽고 있다는 생각이 들었습니다. 그는 그 두꺼운 책의 도입부를 읽다가 곧 즐기 시작했어요. 좀, 어렵고 지루한 책이기는 하지요.

아마도 그는 모든 사람이 매일같이 꾸는 꿈, 우리의 감춰진 무의식을 드러내주는 꿈의 세계를 궁금해했나 봅니다. 그것을 프로이트가 분석하려고 한 것은 인류가 자신의 내면을 들여다보기 시작한 최초의 시도였던 것 같습니다. "자네들 꿈에는 뭔가가 숨어 있는 듯 보인다네. 독특하고 고차적인 종류의 순수하지 못한 것, 알아내기 어려운 자네들 본성의 어떤 비밀 같은 것이지." [10]

이것은 제 생각이지만요, 시인들만이 유일하게 인간의 무의식을 드러내는 작업을 하고 있었던 게 아닐까요. 프로이트 이전에는……

자비에르는 다른 사람들하고는 완전히 동떨어진 삶을 살았으며, 그의 삶은 꿈이었다. 그는 잠이 들고 꿈을 꾸었으며, 그꿈속에서 다시 잠이 들어 또다른 꿈을 꾸었고, 다시 그 꿈에서 깨어나 그 전의 꿈을 꾸고 있는 자신을 발견했다. 그래서 그는 한 꿈에서 다른 꿈으로 옮겨다녔고, 동시에 몇 가지 다른 삶을 살았다. 그는 한 삶에서 다른 삶으로 건너다녔는데, 단 하나의 삶에 속박되지 않은 그 존재는 아름답지 않은가? 죽어야 할 운명이면서도 여러 삶을 산다는 것이?

'생은 다른 곳에'는 원래 랭보의 말입니다. 우리의 생이 어떤 비밀을 품고 있는지 우리는 짐작만 할 수 있을 뿐입니다. 우리는 진짜 생은 다른 어떤 곳에 있다는 '짐작'을 하며 살아가고 있습니다. 그 짐작, 그 추측은 우리 삶 속에서 때로는 사랑의 모습으로, 때로는 희망으로 나타납니다. 그런 불완전함 속에서만 생은 오히려 가치 있는 것인지도 모르지요. 삶이 우리에게 끼치는 해악에서, 그 피로함에서, 우리는 어딘가 조금씩은 불완전한 기대를 품고서만 놓여날 수 있는 것입니다.

어떤 '완전한' 생이 다른 곳, 그 어딘가에 있을 거라는 생각은 시인이나 품을 만한 비현실적인 꿈인지도 모르지만, 시인들이 그런 꿈을 꾸고 있기 때문에, 내겐 그래도 세상이 살 만한 것이 되는지도 모르겠습니다.

그래서 지하철 안에서 책을 읽고 있는 사람들이 나에게는 그렇게 아름다워 보이는가 봅니다. 죽음이라는 운명을 앞에 두고 하루하루를 사는 인간으로서, 도시의 냄새로 찌든 지하철 안에서 책을 꺼내어 읽는다는 것은 쉽지도 평범하지도 않은 일인 것 같습니다. 그것은 아름다운 행위이고 용기 있는 시도입니다.

모든 인간들은 그들의 생이 아닌 다른 생들을 살아볼 수 없기 때문에 후회한다. 그대 또한 그대가 실현해보지 못한 모든 잠재성들을, 그대의 모든 가능한 삶들을 다 살아보고 싶은 것이다.

얼마 전 통영항에 갔습니다. 태풍 나크리가 비를 뿌리던 통영항의 바다는 검푸른 빛깔이었습니다. 나는 검은 우산을 들고 비바람 속에서 그 바닷물을 오랫동안 들여다보았습니다. 누군가에게 영원한 안녕을 고하는 것 같았습니다. 운명이 들려주는 죽음의 노래처럼 거친 파도 소리가 들렸고, 어떤 답장을 받은 것 같은 기분과 아무런 답장이 필요하지 않다는 생각이 동시에 들었습니다. 검푸른 바다에 빗물이 쏟아질 때, 그 바다가 나에게 말하는 메시지는 하나였습니다. 바다는 죽음과 동시에 삶을 말하고 있었습니다.

하나의 꿈이 아직도 생생한데, 또다른 꿈이 벌써 은은하게 드러나기 시작할 때가 가장 아름다운 순간이었다.

당신은 야로밀을 통해 무엇을 보았는지요. 내가 본 것은 사랑과 죽음의 두 얼굴을 가진 시인이었습니다. 그 시인의 얼굴이 내게 어떤 해답도 주지는 않았지만, 질문 그 자체로서는 의미가 있었습니다.

생이 다른 곳에 있다는 말은, 역설적으로 우리에게 생이 얼마나 큰 가치가 있는 것인지를 말해주는 것입니다. 우리가 죽음에 대해 품은 깊은 두려움으로 인해, 우리의 삶은 여러 개의 생생한 꿈으로서 아름다워지는 것입니다.

이 아름다운 생의 일부에 내가 속해 있음을 감사합니다. 이 생에서 그대와 함께 나누는 시간들에 대해 감사합니다. 친구여, 나는 당신에게 참 많은 빚을 지고 있습니다. 아마도 갚기 어려울, 무엇으로도 환전이 불가능할 그런 빚을요.

✳

지하철에서 『생은 다른 곳에』를 읽고 있는 당신의 이미지. 그것이 존재한다면, 아마도 그건 어떠한 약속일 것입니다. 조에 부스케는 이렇게 말했으니까요. "우리가 누구인지 잊게 해줄 수 있는 것은 사실상 아무 데도 없다. 나의 사유일 수 없는 것은 이미지일 것이며, 거의 내 존재의 약속일 것 같다."[11] 우리는 이 여름에 이렇게 하나씩의 이미지로 존재하고 있습니다. 가을이 오면 또 다른 이미지들로서. 그리고 우리는 서로를 비춰주는 이미지로 우리가 누구인지를 서서히, 더 분명하게 깨달을 것입니다. 마주 보는 거울처럼, 어떤 영원한 반영처럼.

시인이 되지 않으려는 갈망이, 귀가 먹먹해질 정도의 침묵으로 가득 찬 거울들로 뒤덮인 집을 떠나고 싶은 갈망이 얼마나 엄청나게 큰지를 이해하는 사람은 오직 참된 시인뿐이다.

시인이 되지 않으려는 그 커다란 갈망에도 불구하고 우리는 시인으로서 또 다른 꿈을 꾸기 시작합니다. 우리가 우리의 존재를 잊을 수는 없기 때문입니다. 우리는 창문이 되었으므로, 어떤 생에도 속하지 않습니다. 언제나 생은 다른 곳에 있겠지요. 나는 그 틀림없는 모순을 사랑합니다.

가을이 오고 있습니다. 이 여름은 지나갈 것입니다. 여름은 훌륭하게 죽어갈 것입니다. 새로운 가을을 위하여, 그리고 우리에게 다가올 또 다른 생의 질문들을 위하여.

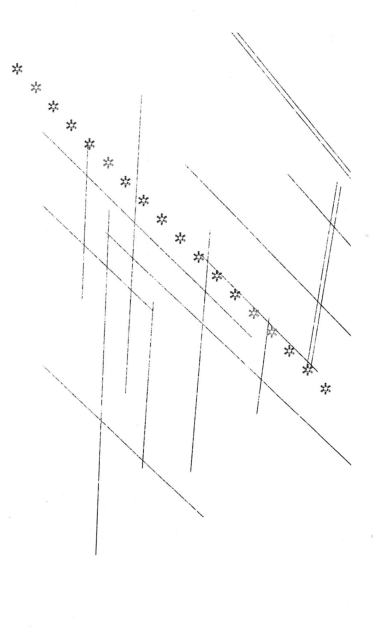

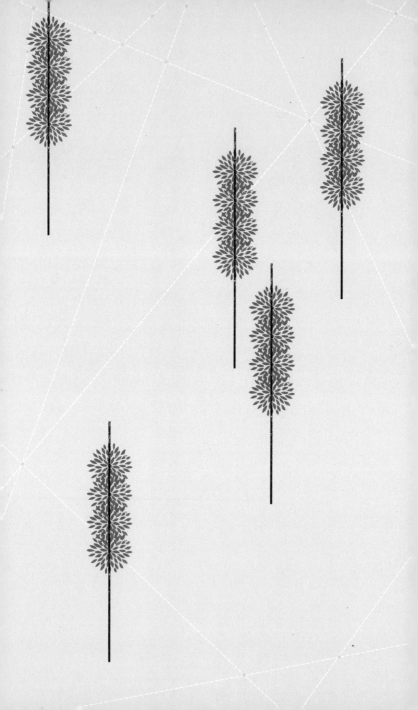

가을

우리는 살아가면서 수많은 인연을 경험한다.

유년의 풋내 나는 사랑, 이루어지지 않은 첫사랑.

평생을 함께하게 되는 사람, 잠시 스쳐 지나가는 사람.

나를 좋은 쪽으로 이끈 사람, 나에게 나쁜 영향을 준 사람.

내가 멋대로 떠나온 사람,

나에게 고통이나 상처를 주고 떠나버린 사람.

그러나 어떤 인연,

어떤 만남도 예외 없이 나를 성장시켰다.

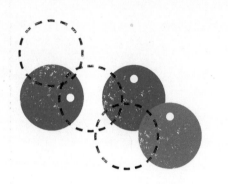
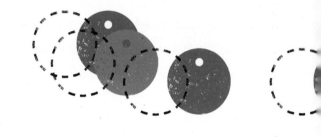

보이는 것과
보이지 않는 것

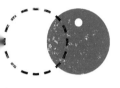

　지하철은 매우 독특한 공간이다. 지하철 한 량이라는 공간 안에서는 종종 여러 가지 일이 벌어지는데, 나는 가끔 그 에피소드들이 만화나 단편영화 같다는 생각을 한다. 할머니 무리의 수선스러운 수다, 묵묵히 스마트폰을 들여다보는 사람들, 『성경』이나 자기계발서를 들여다보는 사람들, 텅 빈 돈 바구니를 들고 허술한 노래를 부르며 지나가는 맹인들……. 그들이 함께 어울려 하나의 장면을 만든다.

　5호선 서대문역, 지금 내 앞에 앉은 한 여자가 만화책을 읽고 있다. 문득 그녀가 어떤 만화 캐릭터와 비슷하다는 생각이 든다. 곱슬거리는 단발에 동그란 안경을 쓴 그녀는 장난기 많은 눈빛을 빛내며 마스다 미리의 만화『주말엔 숲으로』를 읽고 있다. 나는 처음 본 그녀에게 문득 친밀감을 느낀다.

나는 열두 살 무렵부터 대학교 1학년 무렵까지 만화를 굉장히 좋아했지만, 만화책을 산 기억은 거의 없다. 만화가게에서 대부분의 만화책을 읽었기 때문이다. 만화가게, 그곳은 일종의 '헤테로토피아Heterotopia'였다. 집도 아니고 학교도 아닌 그 장소는 내게 하나의 성역이었다. 그리고 그 안에서 빠져들었던 '만화책'이라는 장소 역시 내게는 또 하나의 '다른 장소'였다.

내 성장기에 막대한 영향을 끼친 그것들이 대부분 순정만화들이었기 때문인지, 나는 대체로 순정만화적인 상황이 아니면 잘 적응하지 못하는 사람이 되고 말았다. '순정만화적'인 상황이 뭐냐고? 글쎄, 딱히 설명하기는 어렵지만…… 그러니까 정말로 '순정만화스러운' 상황들 말이다(뭐랄까, 그런 상황을 다른 말로 표현하기는 좀 어려운 일인 것 같다). 아무튼 순진해 빠졌고 씩씩하며, 절대로 울어서는 안 되는 순정만화의 주인공들과 나는 얼마나 많은 사랑에 빠졌던가.

그러나 어느 날인가, 결국 나는 깨닫고 말았다. 세상은 순정만화 속에 나오는 그런 것이 아니라는 것을. 세상은 아름답거나 비참하거나 낭만적이거나 감상적이지 않았다. 세상은 철저히 시간의 연속성 안에 있었고, 인과율이 그 시간을 지배했다. 세계는 "백지장의 사각형"이 아니었다.[12] 순정만화에 나오는 예쁘고 슬픈 주인공들은 이 세상 어디에도 존재하지 않았고, 자신의 꿈이나 사상에 목숨을 거는 사람들도 실제의 세계에는 거의 없었다. 순정만화의 병폐에 깊이 물든 나에게는 인정하기 싫은 사실이었지만, 그 사실을 나는 대학교 2학년 때쯤부터 서서히 깨달아갔다. 이 세상이 얼마나 반反순정만화적인 곳인지를 말이다.

그렇지만 나는 아직까지도 만화책이라는 '반反공간'에 대해 향수 같은 것을 지니고 있다. 꿈과 사랑의 장소, 우연의 원리가 지배하는 '다른 공간'으로서, 만화에는 네모난 컷 속 세상이 주는 위로가 있다. 만화는 어떻게 보면 지하철의 창문처럼 생긴 그 '네모' 속의 장면들을 우리에게 열어준다. 비록 2차원의 그림과 말풍선들에 불과하지만, 만화는 어떤 곳보다 입체적인 세계다. 만화는 무엇이라도 보여줄 수 있고, 나타낼 수 있으며, 그 어떤 현실적인 한계도 뛰어넘는다. 몇 가지의 요소로 제한되어 있지만, 그 요소들이 나타낼 수 있는 압축된 진실들이 구구절절한 문장의 나열보다 나을 때가 있는 것이다. 결국 만화는 그 비현실로 우리의 현실을 돌아보게 만들 수 있다.

나는 지하철에서 독서하는 사람들을 여러 번 보아왔고 관찰해왔다. 많은 사람이 책 읽는 시간을 즐기고 있었으나, 이 책은 특별히 더 재미있어 보인다. 그만큼 지금 내 앞에 있는 사람의 표정이 즐거워 보이기 때문이다. 물론, 단순히 그 책이 '만화책'이라서 그럴 수도 있다.

마스다 미리의 이 만화책 속에는 세 명의 여성이 등장한다. 과감히 도시생활을 청산하고 숲이 있는 시골에서 삶을 시작한 하야카와와 그녀의 도시 친구들인 세스코와 마유미. 그녀들은 물론 현실에는 없는 사람들이다. 말하자면, 만화 속 캐릭터다. 하지만 그녀들은 우리 주변에서 흔히 볼 수 있는, 약하고 지쳤거나, 강인하고 씩씩한 젊은 독신 여자들이다. 특히 그녀들에게는 평범함 속에서 소중한 것들을 발견해내는 신기한 재주가 있다.

저기, 세스코.

응?

내년을 약속하는 건 좋은 것 같아. 자신이 내년에도 건강하게 있을 거라고 생각하는 지금, 좋지 않아? 마음의 씨앗이 팟

하고 터지는 듯해.

두 도시 친구들은 하야카와의 집을 주말마다 찾아간다. 그곳의 삶은 보통으로 우리가 꿈꾸는 전원생활과는 조금 다르지만, 숲은 씨앗이나 열매, 나무와 새소리 같은 것들을 통해 조금 더 성숙한 삶의 자세를 그녀들에게 가르쳐준다.

달 뒷면은 어떤 모양일까?

응?

달은 언제나 같은 면이 지구를 향하고 있대.

그렇구나.

그러니까 우리들은 달의 뒷면을 모르는 거지. 그건 또 그대로 좋은지도, 달은 달이니까.

우리는 이 현실, 보이는 것들이 세계의 모든 것이라는 큰 착각을 하면서 살아간다. 이 시간, 매일매일의 단순한 반복 너머에 얼마나 많은 신비가 숨겨져 있는지 생각하지 않으려 한다. 그러나 보이는 것은 단지 우리의 시각을 통해 우리에게 전달되는 것일 뿐이다. 만화의 한 컷처럼, 그것은 단순한 표면일 뿐이다. 그 표면적 이미지를 걷고 나면 드러나는 사실들을, 과연 외면할 수 있을까?

나는 만화책 속 인물들의 단순한 생김새를 좋아한다. 만화 속 인물들은 가끔 코가 없기도 하고, 얼굴에 주근깨가 가득하기도 하며, 눈 속에 별이 들어 있기도 하다. 그것은 우리가 아는 사실과는 좀 다르고, 그 얼굴들은 만화 바깥의 세계로 걸어나올 수 없다.

그러나 그들과 우리가 정말 다른 것일까? 이 세계의 표면적 사실들에만 만족한다면, 우리가 혹시 코가 없는 세계를 보고 그것이 사실이라고 믿고 있는 건 아닌지를 어떻게 알 수 있단 말인가.

인간은 상상하는 동물이다. 그러니 만화책이라는 것은 인간의 세계에서나 가능한 것이다. 보이는 것 너머의 무언가를 상상하는 능력이 없다면, 2차원의 세계를 보고 3차원을 그려볼 수 있는 능력이 없다면, 만화책도 불가능할 뿐 아니라 우리의 삶 자체도 가능하지 않다. 우리에겐 지금 이후, 현실 너머의 현실을 보는 눈이 있기에 무언가를 끊임없이 꿈꾸며 살아갈 수 있는 것이다. 게다가, '눈 속의 별'은 그 자체로 시詩적인 것이기도 하다.

어쩌면, 지하철에서 책을 읽는 사람들은 어떤 한시적인 헤테로토피아를 경험하는 것 같다. 책을 읽는 순간 지하철 의자 위는 숲이 되고, 바닷속이 된다. 그들은 책을 통해 꽃향기를 맡을 수 있고, 해변의 바람이나 햇살을 느낄 수 있다. 역시, 그것은 매우 시적인 일이다. 지하철의 인파로 떠밀리면서도 책을 읽는 사람들, 자기만의 다른 장소, 그리고 이 장소 너머의 세계 속에서. 인류에게 허용된 상상이라는 축복을 통해, 우리가 갈 수 있는 장소는 얼마나 많은가.

말할 것도 없이 이 세계는 굉장히 복잡하며, 우리의 삶이 만화처럼 단순할 수는 없다. 순정만화에서 빠져나온 내가 부딪친 현실의 세계가 그랬다. 날카롭고 건조하며 두꺼운 그 벽들 앞에서 나는 꽤 많이 절망했다.

"우리는 어둡고 밝은 면이 있고 제각기 높이가 다르며 계단처럼 올라가거나 내려오고 움푹 패고 불룩 튀어나온 구역과, 단단하거나 또는 무르고 스며들기 쉬우며 구멍이 숭숭 난 지대가 있는, 사각으로 경계가 지어지고 이리저리 잘려졌으며 얼룩덜룩한 공간 안에서 살고, 죽고, 사랑한다."[13]

그런 세계 속에는 언제나 내가 찾아낸 다른 곳, 어떤 다른 시공간들이 있었다. 나는 그 장소들에서, 달의 뒷면 같은 세계의 진짜 모습을 보고는 했다. 달이 그냥 달이듯이 세계는 그냥 세계일 뿐이지만, 진실은 언제나 단순하고도 뭔가 다른 이면들 속에 있었다.

＊

　초가을, 오후의 3호선에서 『주말엔 숲으로』를 읽는 여자
역시 자기만의 헤테로토피아에 가 있을 것이다. 그녀가 그 '다
른 공간'과 점층되고 겹친 시간 안에서 무언가를 발견하고 더
성숙한 삶의 장면으로 진입하기를 바라면서, 나는 그녀를 뒤
로 하고 지하철 바깥의 단단하고도 규정되지 않은 세상 속으
로 걸어나간다.

　　하눌타리의 씨앗에는 하눌타리 나무가 되기 위한 모든 것
　이 갖춰져 있어.

　'우리'라는 씨앗 안에 갖춰진 것들은 무엇일까. 내 안의
어떤 씨앗들이 발화했고 어떤 씨앗들이 아직 묻혀 있을까. 나
는 그 보이거나 보이지 않는 나만의 자산들을 지닌 채로, 보이
거나 보이지 않는 세상에서 삶으로 향한다.
　나는 어떤 진실들을 보기도 하고 보지 못하기도 할 것이
다. 그것들로 나만의 삶이라는 장면을 연출할 것이다. 때론 세
계라는 벽 앞에서 절망하고, 그 절망을 이겨내면서. 그 안과 밖
에서, 가끔은 만화 같기도 하고 때로는 마법 같기도 한 진실들

을 발견하면서.

　세계의 이면에 감춰진 것은 얼마나 많을까. 보이지 않는 것들이 품고 있는 진실은 또 얼마나 깊을까. 보이는 것보다 보이지 않는 것들이 중요하다는 사실을, 어쩌면 나는 모두 만화책에서 배웠는지도 모르겠다. 우리가 살고 있는 세계에 펼쳐지는 선과 면들 너머에 존재한, 실제보다 실재인 그 어떤 장소를 꿈꾸면서.

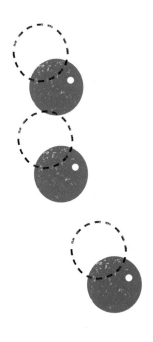

끝없는
불안 속에서

한낮 햇볕은 따갑지만 아침저녁으로는 찬 기운이 도는 초가을, 나는 7호선을 탄다. 7호선은 노원역에서 내가 태어난 동네인 중곡역, 유년의 놀이터였던 어린이대공원역을 거쳐가는 긴 노선이다.

사람이 많지 않은 열차 내부를 둘러보며, 새삼 나는 지하철이라는 공간이 불러일으키는 기시감旣視感을 생각한다. 한 주에 적어도 이삼 일은 지하철을 타왔으니, 어쩌면 당연한 일인지도 모르겠다. 익숙한 풍경에 또 다른 풍경이 겹칠 때, 그것이 낯설게 느껴지는 경험은 누구나 한 번쯤은 해보았을 것이다.

지금이라는 시간은 언제나 첫 번째 경험이다. 그런데도 이 '지금'에 언젠가 내가 적어도 한 번은 더 있었던 것처럼 느껴질 때가 있다. 그럴 때, 우리는 겹쳐져서 보이지 않는 또 다른 시공간을 우연처럼 마주치게 된다. 아마도 그것은 다른 차원의 감각, 우리가 미처 인식하지 못하는 장소에 대한 어떤 예감이 아닐까? 말하자면, 과거에서 날아온 미래의 인식 같은.

어린 시절, 서울 어린이대공원에서 길을 잃은 경험이 있다. 나는 여섯 살이었고, 세 살짜리 어린 동생과 함께였다. 우리 집은 당시 능동 어린이대공원 뒤편에 있었다. 동생과 나는 집에서 멀지 않은 하수구 구멍을 통해 어린이대공원으로 몰래 들어가서 놀이터에서 실컷 놀다 오기도 했는데, 그날은 저녁이 다 되도록 그네를 타고 놀다 보니 사위가 어두워져 버렸다.

집으로 갈 수 있는 하수구 구멍을 찾지 못한 우리는, 우리에겐 세상 전체처럼 넓기만 한 어린이대공원을 이리저리 헤매기 시작했다. 결국 정문 근처에서 우리를 찾고 있던 부모님을 만나기는 했지만, 더는 물이 솟지 않는 어둠 속의 분수를 보고 절망했던 그 느낌은 아직도 잊히지 않는다. 아마도 그건, 내 최초의 절망의 기억일 것이다.

유년을 생각하면 나는 늘 비어 있는 것 같은 공허를 느낀다. 느리게 가던 어린 날의 시간, 맑고 텅 빈 햇볕, 그 평화로운 침묵 속에 깃들어 있는 '알 수 없음'이라는 의문의 기호. 햇볕이 벽에 그어놓던 투명하고도 분명한 사선 같은 것들을 기억한다. 아마도 멍하게 공상에 빠져들기를 좋아했던 유년시절에 나는 자주 그런 공간에 혼자 있었고, 그 기억의 한 조각이 내 뇌리에 남은 것일 것이다.

내 유년의 기억을 떠올리면서, 어째서인지 나는 지하철이라는 공간의 무심함과 무표정, 그 안의 비현실과 겹쳐진 현실을 보게 된다. 그것은 내 최초의, 그리고 마지막 기억처럼 닳아빠지고 색이 바래져 있다.

※

지하철이 장승배기역을 지날 때, 한 중년 여성이 책을 읽고 있는 것이 보인다. 마크 스트랜드가 쓴 『빈방의 빛』, '시인이 말하는 호퍼'라는 부제가 달려 있는 책이다.

나는 에드워드 호퍼의 그림을 좋아한다. 그의 그림에는 모호한 기억들과 맞닿으면서 과거를 불러일으키는 동시에 미래를 느끼게 하는 묘한 힘이 있다. 특히나 나는 〈아침 햇살 Morning Sun〉이라는 그림에 매혹된다. 그림 속의 여자는 홀로 침대 위에 앉아 창밖을 내다보는데, 창에서 쏟아져 들어오는 햇살로 인해 그녀의 얼굴은 표백된 것처럼 하얗다. 햇볕 속에서 불시에 사라질 것 같은 그녀의 모습보다 오히려 눈에 띄는 것은 창밖의 붉은색 건물이다. 침대 위의 여자는 움직이지 않지만, 그 부동의 자세 때문에 오히려 그녀는 멀리 있는 건물의 늘어선 검은 창문 속으로 곧 뛰어들고 말 것만 같다. 나는 그 여자의 미묘한 존재감에서 생의 부재라는 답장을 읽는다. 물론, 내가 생에게 보낸 질문은 한두 개가 아니지만 말이다.

〈나이트호크〉를 보고 있으면 두 개의 모순적인 명령어 사이에서 주춤거리게 된다. 사다리꼴은 가던 길을 계속 가라고 우리를 재촉하고, 어두운 도시 속 환한 실내는 우리에게 머물 것을 종용한다. 도로와 길이 중요한 역할을 하는 호퍼의 다른 그림과 마찬가지로, 이 그림에서도 역시 차는 보이지 않는다. 이 장면을 우리와 함께 보고 있는 사람들도, 우리보다 앞서 보았던 사람들도 없다. 그림 속의 장면은 오직 우리에게만 존재한다. 경험하는 모든 것은 완벽하게 우리 것이 될 것이다. 호퍼의 그림에서 상실감과 덧없는 부재감을 동반하는, 여행이 배재된 순간은 점점 무성해질 것이다.

마크 스트랜드는 미국 시인이다. 그가 호퍼의 그림에 대해 쓴 글은 간결하면서도 세심하고, 그의 문장은 호퍼의 그림과 닮아 있다. 무엇보다 그는 그림 속의 이야기들을 읽어낸다.

그의 도움을 받아 호퍼의 그림을 보는 일은, 우리가 영영 잃어버린 어떤 사실에 대해서 듣는 일 같다.

『빈방의 빛』을 읽고 있는 여자는 마른 몸에 안경을 쓰고 있다. 그녀 역시 지하철이라는 공간과 호퍼의 그림, 그리고 마크 스트랜드의 글 사이에서 어떤 공통점을 발견했을까? 나는 그녀의 표정에서 어떤 갈증이 엿보인다는 생각이 든다. 적어도 평온한 표정은 아니다. 어째서인지는 잘 알 수 없지만, 어쩌면 호퍼의 그림을 좋아하는 사람의 내면이 평온하기는 조금 어려울 수도 있을 것 같다. 생에 의문을 품은 사람이 아니라면, 호퍼의 그림에서 느껴지는 공허를 좋아할 수 있을 것 같지는 않기 때문이다.

지하철에서 책을 읽는 사람들은 죽음을 '인식'하는 사람들이라는 생각을 가끔 한다. 나는, 지하철이라는 공간은 삶보다는 죽음의 이미지에 가깝다고 생각한다. 지하철에 존재하는 길게 뻗은 직선들과 어딘지 모르게 어색한 마주 보는 좌석의 위치, 한쪽 끝에서 다른 한쪽 끝을 바라볼 때의 착시적인 원근과 보이지 않는 소실점은 모두 죽음의 상징처럼 느껴진다. 물론 지하철이라는 사물이 살아 있는 것이 아니기 때문이겠지만, 지하철에 탄 사람들이 지하의 공간 속에서 죽음을, 무덤 속에 갇히는 것 같은 경험을 하는 것처럼 생각될 때가 있다.

러시아워의 지하철, 가득 찬 사람들은 말이 없고 표정도 없다. 그들은 호퍼의 그림 속 인물들처럼 곧 지워져 버릴 것 같이 존재한다. 실제로 지하철에 탄 사람들은 얼마 후면 지하철에서 내릴 것이기 때문에, 지하철이라는 공간에 영원히 존재하는 생명이란 없다. 그들은 단지 명멸하는 얼굴들로서만 지하철에 있는 것이다. 거대한 생의 기차에 나타났다가 사라지는 사람들의, 행복과 고통으로 일그러졌으나 표정이 없는 얼굴처럼.

극장 입구 옆에 서서 빨간색 간판을 보고 있는 여자와 신문 가판대에서 신문을 보고 있는 남자가 '본다'는 것의 중요성을 한층 더 강조하고 있다.……한 쌍씩 짝을 이룬 창문과 통풍구, 극장 간판에 그려진 두 개의 과녁, 그리고 한 쌍의 신호등까지 모두가 무언가를 보고 있는 것 같다. 때론 이들이 보고 있는 것이 관객인 우리인 것 같은데, 이런 느낌은 불편하면서도 재미있다. 우리가 보고 있는 바로 이 그림이 우리를 내려다보고 있는 게 아닌가.

페르난두 페소아는 "우리가 보는 것은 우리가 보는 것이 아니라 우리가 존재하는 것이다"라고 말했다.[14] 본다는 일은 결국 존재하는 일과 같다. 나는 지하철에서 많은 사람을 보았고, 또 볼 것이다. 그들의 얼굴은, 그러나 대개는 '보이지 않는다'.

지하철에서 존재하기 위해서 사람들은 서로의 얼굴을 보는 것이 아니라 자기 자신을 보아야 한다. 그들은 자기 얼굴에 화장품을 바르고, 자신의 스마트폰을 들여다본다. 그러나 진정으로 생과 죽음을 인식하는 사람이라면, 즉 자기 존재를 분명하게 깨닫고 있는 사람이라면 다른 무언가를 통해 자신을 보기를 원할 것이다. 내게 그 방식은 책을 보는 것이다. 결국, 지하철에서 책을 보는 것은 책을 보는 것이 아니라 우리가 존재하는 것이다.

＊

그녀는 호퍼의 그림 가운데 무엇을 가장 좋아할까?『빈방의 빛』을 읽던 여자의 창백한 얼굴은 그날 내가 기억한 유일한 얼굴이다. 그 얼굴은 지워지지 않고 갇혀 있지도 않다. 그녀가 그 책에서 어떤 출구를 발견했든, 전혀 발견하지 못했다고 해도, 그녀의 얼굴은 호퍼의 그림처럼 "문틈으로 새어 들어오는 빛줄기"와 닮은 "기이한 현실"을 보여준다.[15] 그리고 그것은 지하철에서 우리가 늘 마주치는 기시감과도 비슷한 것이다.

어쩌면 우리는 그런 약하고 기이한 한 가닥의 빛줄기를 기다리며 내내 살아가고 있는지도 모른다.

　지하철을 타고, 또 내린다. 기나긴 7호선 지하철 노선을 통해 까치울, 장승배기, 보라매역을 지나치며, 매번 우리는 기다린다. 타야 할 지하철을 기다리고, 내려야 할 역을 기다린다. 약속시간을 기다리며, 곧 만날 사람들을 기다리고, 만난 후에는 그들과 헤어질 시간을 기다린다.

　생이라는 열차는 그 행성이 부재할지도 모른다는 사실로 인해 불안하게 깜빡이는 별빛처럼 멀고도 가까운, 그러나 아름다운 기억들을 우리에게 남겨준다. 그러나 우리는 그것이 행복의 기억이 될지, 절망의 기억이 될지는 결코 알지 못한다. 다만 끝없는 불안 속에서, 반복해서 기다리고 또 기다리는 것이다. 우리가 알지 못하는 소실점을 바라보며, 끊임없이 명멸하면서. 나에게 다가올 생, 그 '빈방의 빛'을.

우리는
여행자다

나는 물리적인 여행을 힘들어한다. 짐을 꾸리고, 교통편이나 숙박 예약을 하고 일정을 짜는 것, 내 일상을 비우고 할 일들을 미루며, 화초와 고양이를 돌봐달라고 다른 사람에게 부탁해야 하는 일들이 좀 번거롭다.

그렇지만 낯선 장소로 떠나는 것은 좋아한다. 알지 못하던 새로운 풍경을 접하고 그것에 잠시 나를 의탁하는 일에는 삶을 증발시키는 효과가 있어서, 도저히 싫어할 수 없다. 어쩌면 그것이 때로는 일종의 '죽음 연습'처럼 느껴지기에, 우리는 여행에 매료되는지도 모른다.

그렇다. 잠시 죽음을 경험하는 것의 매혹, 그것이 내가 여행을 그리워하게 되는 이유다. 그래서 나는 대중교통을 좋아한다. 굳이 짐을 싸서 힘겹게 길을 떠나지 않아도, 버스나 지하철을 타는 것만으로도 '여행'을 느낄 수 있기 때문에. 물론 비행기를 타고 구름 위를 나는 것처럼 드라마틱하지는 않지만, 버스 맨 뒷자리나 텅 빈 지하철도 내게는 훌륭한 여행의 방편이다. 무언가를 타고 어딘가로 이동하는 것은 언제나 신비로운 안도감을 준다. 어린 시절에 잠든 나를 방으로 안고 가던 부모님의 품처럼, 요람의 흔들거림처럼.

내 몸이 어딘가 다른 장소로 옮겨질 때의 나른하며 안락한 감각, 그것은 내가 지워지는 감각이다. 나를 책임 지우던 것들에서 잠시 떠나는, 나 자신에 대한 의무에서 잠시 자유로워지는 느낌인 것이다.

비행기나 배도 좋지만, 여행 수단으로서 열차는 더욱 특별한 장소다. 삶처럼 길고도 짧으며, 단락 지어져 있고, 그 각각의 단절이 또한 서로 이어져 있는 존재. 무언가를 싣고 끊임없이 달리지만 자신이 실린 레일 위를 벗어날 수는 없고, 레일에서 벗어나면 산산이 부서지는 존재. 매우 단단하면서도 한순간에 파괴되는 것, 자신이 파괴되면 자신 내부의 모든 것까지 파괴할 수밖에 없는 것. 열차는 하나의 유기체처럼 느껴진다. 그것의 문이 열리고 닫히는 것, 우리가 그것에 타고 내리는 것까지, 일련의 신체 작용 같다.

3호선 열차에는 아홉 살쯤 된 사내아이를 데려온 할머니한 분과 엷은 금발의 외국인 서넛, 젊거나 나이 든 승객들이 늘볼 수 있는 모습으로 앉아 있다. 그들은 이 비 오는 가을 저녁, 내 지하 여행의 동료들이다. 그리고 그중 한 사람이 읽고 있는책은 『리스본행 야간열차』다.

　　그는 긴 머리를 묶은 젊은 남자다. 키가 크고 몸이 튼튼해보이며, 가벼운 옷차림을 하고 있다. 그의 직업은 뮤지션이거나 작가, 어쩌면 댄서이거나 배우일지도 모르겠다. 보드를 한개 갖고 있었다면 딱 어울릴 만한 분위기인데, 어찌되었든 지금 그는 보드 대신에 책 한 권을 들고 읽고 있다.

　　지하철은 신사역을 지나간다. 이 열차는 수서행 열차일뿐이지만, 우리는 어떤 책을 읽음으로써 더 멀고 더 신비로운어떤 장소로 갈 수 있다. 무릎에 올려놓은 책 한 권으로 밤의지하철 속에서 떠나는 여행이라니, 멋진 일이 아닌가!

　　우리가 우리 안에 있는 것들 가운데 아주 작은 부분만을 경험할 수 있다면, 나머지는 어떻게 되는 걸까?

스위스 베른의 고전문헌학자 그레고리우스는 헌책방에서 발견한 이 문장을 읽고서 그 책을 산다. 그것은 그가 알지 못하는 나라의 낯선 사람이 모르는 언어로 쓴 책이다. 그리고 그는 무작정 리스본으로 향하는 열차를 탄다. 그가 평생 동안 지내던 집과 도시, 일과 사람들을 떠나 전혀 알지 못하는 장소를 향해서 가는 그 여행의 유일한 단서는 책 한 권뿐이다.

익숙한 방향을 완전히 바꾸는 인생의 결정적인 순간이 격렬한 내적 동요를 동반하는 요란하고 시끄러운 드라마일 것이라는 생각은 오류다.……엄청난 영향력을 발휘하고, 인생에 완전히 새로운 빛과 멜로디를 부여하는 경험은 소리 없이 이루어진다. 이 아름다운 무음無音에 특별한 우아함이 있다.

그레고리우스는 학자로서, 선생으로서 '문두스Mundus'라고 불렸다. 라틴어로 '우주', '세계'라는 뜻이다. 그는 단 하나의 포르투갈어 단어로 인해 질서 정연하던 삶에서 벗어나 한 죽은 사람의 인생으로 들어가게 된다. 그것은 단순한 일탈이 아니다. 그는 낯선 장소인 리스본에서 새로운 사람들, '아마데우 프라두'라는 한 남자의 인생에 관계된 사람들을 만나며 낯설고도 기묘한 여행을 계속한다. 그리고 그는 완전히 새로운 자기 자신을, 즉 새로운 세계를 발견한다. 발견, 그리고 만남. 모든 여행에서 필연적으로 우리는 새로운 무언가, 누군가를 만난다. 어떤 형태로든, 여행은 만남 없이는 지속되지 않는 것이다.

사람들의 만남이란 한밤중에 아무런 생각 없이 달려가는 두 기차가 서로 스쳐 지나가는 것과 같다는 생각을 자주 한다. 우리는 뿌연 창문 저편의 흐릿한 불빛 속에 앉아 있는 사람들에게, 우리 시야에서 바로 사라져서 알아볼 시간도 없는 사람들에게 빠르고 덧없는 시선을 던진다. 무無에서 나와 아무런 의미나 목적 없이 텅 빈 어둠 속에서 조각처럼 빛나던 창틀, 그 창틀에 들어 있는 유령들처럼 스쳐간 것이 정말 한 남자와 여자였던가? 두 사람은 아는 사이였을까? 둘이 이야기를 하고 있었던가? 웃었던가, 울었던가?

가끔 지하철이 서로 스쳐 지나가는 것을 본다. 건너편 열차 안의 승객들은 말없이 앉거나 서서 무언가를 하거나, 혹은 아무 일도 하지 않는다. 때로 그들은 책을 읽기도 하고, 손 안의 전자기기를 통해 음악을 듣기도 한다. 그들의 얼굴은 보이지 않는다. 그들은 내 기억 속에 남지 않는, 그저 스쳐가는 사람들이다. 그러나 그 기억되지 않는 스침은 어떤 따스한 조각들처럼 빛이 난다. 아마도 멀리 있기 때문에, 그래서 결코 기억되지 않을 것이기 때문에.

내가 늘 꿈꾸는 여행이 하나 있다. 혼자 도착한 그 장소는 낯설지만 낯익은 해변이다. 그 해변에는 민박집이 몇 채 있고 작은 모래사장이 있으며, 모르는 언어가 들려올 것이다. 나는 기차를 타고 또 버스를 타고 그곳으로 간다. 아무도 나를 모르기에 철저히 혼자가 될 수 있는 그곳에, 나는 신비롭고도 아름다운 문장이 가득한 책 한 권을 들고 간다.

물론 이것은 상상 속의 여행이다. 어디에서도 철저히 혼자가 될 수는 없는 세상에 우리는 살고 있으며, 혼자서 여행을 간다 해도 내 상상의 해변은 오직 '상상 속에서만' 존재할 수 있는 것이기 때문이다. 그러나 상상의 장소는 우리가 보고 들을 수 있는 현실보다 오히려 현실적인, 가장 내밀한 현실이다. 그곳으로 가는 여행은 오직 어떤 문장, 혹은 어떤 책을 통해서만 가능할 것이다. 그래서 책과 만나는 일은 가장 진정한 의미에서 여행인 것이다.

때로, 지하철은 단순한 교통수단이 아니다. 우리는 지하철을 타고 도시의 지하 여행을 떠나고, 그럴 때 지하철에서 독서는 여행의 여행, 두 겹의 여행이 된다.

무척이나 명료하며 매우 현실적인 이 여행, 시간이 흐르고 역을 하나씩 지날 때마다 그를 지금까지의 삶으로부터 더 멀어지게 하는 이 여행이 계속될지를 결정하는 것은 그 자신이 아니라 기차라는 생각이 들었다. 보르도까지 가는 세 시간 동안 기차는 정차하지 않을 터였다.

정차하지 않는 기차, 여행의 지속을 결정하는 그 기차. 그것은 삶이라는 여행에서 우리를 싣고 가는 시공간과 같다. 일단 기차가 움직이기 시작하면 우리는 그 명료하고 현실적인 여행을 멈출 수 없다. 삶이라는 모호함을 현실의 차원으로 만드는 힘, 그것은 시공간의 움직임, 즉 여행이며 우리는 그 현실 안에서 어떤 바깥을 향해 간다. 내 움직임의 의지를 실현할 수 있는 것은, 오직 꿈을 통해서만 가능하다.

들뢰즈는 "노마드들은 여행을 하지 않는다. 반대로 노마드들은 문자 그대로 부동의 상태에 머물러 있다"라고 말했다.[16] 그러므로 독서하는 장소인 지하철은 노마드들의 "매끄러운 공간"이며,[17] 그곳에서 꿈꾸는 것-책을 읽는 것은 진정한 움직임이고 여행이다.

또한 그것은 건너편으로 스쳐가는 여행자들의 얼굴이기도 하다. 그 얼굴은 보이지 않거나 잊히지만, 그들은 각자의 꿈속에서 진정한 여행자로서 자기 얼굴을 만나고, 타인의 얼굴도 만날 수 있다.

약 60제곱미터, 지하철 한 량의 면적 안에서 우리가 '움직임 없는 여행자'로서 움직일 수 있는 공간에는 한계가 없다. 우리는 지하에 앉은 부동의 여행자로서 리스본에 갈 수 있고, 화성에 갈 수 있고, 안드로메다은하의 중심까지도 갈 수 있다. 독서란 그런 것이다. 독서란 가장 먼 곳까지 꿈꿀 수 있는 행위, 인간이 꿀 수 있는 가장 큰 꿈이다.

인생이란 우리가 사는 그것이 아니라 산다고 상상하는 그것이다.

생을 사는 일은 어쩌면 단지 한바탕 꿈에 불과할지도 모르지만, 그 꿈 안에서도 슬픔과 고통은 늘 우리를 어딘가로 떠나보낸다. 그것은 생의 한 걸음을 더 내딛게 하는 여행이다. 그 끝없는 여행의 목적지가 결국 죽음이라 해도, 우리는 여행이라는 상상과 상상이라는 여행을 통해서, 역설적으로, 생의 현실을 지속시킬 수 있다. 결국 생이라는 기묘한 여행을 우리가 즐길 수 있는 방법은 상상력을 갖는 것이다.

나는 『리스본행 야간열차』를 읽는 남자가 즐기는 여행을 상상한다. 그는 책 속의 그레고리우스, '문두스'와 함께 포르투갈로 가서 아마데우 프라두의 글을 읽는다. 그는 포르투갈어를 배우고, 생전 처음으로 담배를 피우면서 연기 때문에 기침을 한다. 그는 프라두의 동생과 친구와 연인을 만나고, 그의 희망과 절망을 만난다. 그는 그가 사랑했던 것과 미워했던 것들을 통해서, 죽은 사람의 삶과 그가 남긴 글들을 통해서 자기 자신을 재발견한다. 그는 지하의 여행자다. 움직이지 않지만 움직이고 있는, 가장 현실적인 여행자다.

　　이윽고 그가 책을 덮고 지하철에서 내린다. 그가 내린 역은 양재역이다. 이제 그는 꿈이자 현실인 그의 삶 속으로 들어갈 것이다. 그의 지하 여행은 잠시 끝나지만, 그는 그의 생이라는 길고 긴 여행 속으로 다시 들어갈 것이다. 그의, 나의, 우리의 여행은 끝나지 않는다. 사실, 모든 여행에는 끝이 없다.

　　페르난두 페소아는 "여행자가 바로 여행이다.……보르도에 실제로 도착하는 것보다 보르도를 꿈꾸는 것이 더 좋거니와, 더 진실하다"고 말했다.[18] 그렇다, 우리는 여행자다. 도시의 지하를 관통하며 보르도를 꿈꾸는 진실한 여행자.

그 꿈속에서 우리는 또 다른 꿈의 여행자이며 우리가 그의 생을 향해 여행하게 될 누군가를, 타인을, 그 사람을 만날 것이다. 그리고 그 사람을 통해서, 우리는 우리 자신을 만날 것이다. 바로 그 순간 발소리가 들린다. 누군가 계단을 내려오고 있다. 창문에 불빛이 비치고, 발소리가 문 쪽으로 다가온다.

"켕 에^{Quem é?} (누구요?)"

함께 거쳐온 세월을
견딘다는 것

어느 토요일 저녁, 합정역에서 2호선을 타고 집으로 돌아
가는 길에 맞은편에 앉은 두 사람을 보았다. 거의 소년이나 소
녀로 보일 만큼 어려 보이는 커플이었다. 처음에 그들은 커플
로 보이지 않았다. '소년'은 이어폰을 꽂고 스마트폰을 들여다
보고 있고, 단발머리가 곱슬곱슬한 '소녀'는 아주 열심히 책을
읽고 있었기 때문이다. 한참 후에 둘이 뭔가 이야기를 주고받
는 모습을 보고서야 그들이 꽤 가까운 친구이거나 연인 사이
라는 걸 알 수 있었다. 어딘가 친구보다는 연인에 가깝다는 느
낌이 들었지만, 연인치고는 서로의 취향을 존중하는 편이었다
고 할까. 특이하면서도 아름다운 커플이었다. 청바지에 운동
화 차림인 소녀의 발그레한 볼이라거나, 음악에 몰입해서 말
없이 그녀의 곁을 지키는 소년의 모습.

사랑은 서로를 바라보는 것이 아니라 같은 방향을 바라보는 것이라고, 생텍쥐페리가 말했던가? 그러나 그들은 같은 곳을 보고 있지도, 서로를 보고 있지도 않았다. 그들은 그저 서로의 영역을 인정하고 지지한 채로 각자 몰두해 있었다. 음악을 듣고 있는 소년에게 소녀는 자신이 읽은 책에 대해서 말한다. 소년은 건성으로 대답하는 것 같은데, 소녀는 아랑곳하지 않고 다시 책에 열중한다. 그녀는 혼자 조금 웃기도 하고, 남자친구를 향해 뭔가 중얼거리기도 하고, 그러다 다시 책을 펼친다.

그들의 얼굴, 몸짓은 그들이 서로를 보지 않는 동시에 서로를 보고 있으며, 서로의 방향을 바라보고, 각자의 길을 걷는 동시에 함께 걷고 있다는 것을 보여준다. 어쨌든, 지금 그들은 나란히 앉아서 같은 곳으로 가고 있는 것이다. 소녀가 까맣고 숱 많은 머릿결을 쓸어올릴 때, 그녀가 읽던 책 표지가 언뜻 보인다. 흰 바탕에 자그마한 노란색 집이 그려진, 박완서의 『노란집』이다.

생전에 먼빛으로 잠깐 뵈었던 노 작가의 모습이 떠오르고, 부음을 들었던 새벽의 눈 치우는 소리도 같이 떠오른다. 사람들은 늙는다는 것에 본능적인 공포심을 갖고 있지만, 그리고 누구도 나이가 들어간다는 사실에서 벗어날 수 없는 일이지만, 가끔은 드물게 소설가 박완서 같은 사람도 있다. 육체의 시간에 지배당하지 않는 정신, 육체의 시간을 부인하지 않는 통찰.

사람이 살다 보면 이까짓 세상에 왜 태어났을까 싶게 삶이 비루하고 속악하고 치사하게 느껴질 때가 부지기수로 많다. 이 나이까지 견디어온 그런 고비고비를 생각하면 먹은 나이가 한없이 누추하게 여겨진다. 그러나 삶은 누추하기도 하지만 오묘한 것이기도 하여, 살다 보면 아주 하찮은 것에서 큰 기쁨, 이 세상에 태어나길 참 잘했다 싶은 순간과 만나질 때도 있는 것이다.

이 책은 작가가 노년을 보낸 아치울 '노란집'에서 쓴 글 모음이다. 2011년에 돌아가신 작가의 사후에 엮어서 그분의 따님이 쓴 서문을 붙였지만, 어디를 펼쳐 봐도 할머니 작가가 쓴 글 같은 느낌이 들지 않는다. 다만 인생의 선배로서, 우리가 겪지 못한 과거를 통과해온 윗세대 작가의 추억과 일상, 생각들이 적혀 있을 뿐이다.

소박하고 솔직할 뿐 아니라 재치 넘치는 글을 읽다 보면, 작가가 이 글을 쓰면서 누군가에게 교훈을 주려고 한 것이 아니라 스스로 교훈을 얻고자 했고, 실제로 그랬다는 것을 알 수 있다. 멋진 일이다. 한 작가가 쓴 글에 담긴 성찰을, 세대를 뛰어넘은 누군가가 지하철에 앉아 열심히 읽고 있다는 것.

✳

책을 읽고 있는 소녀의 얼굴은 너무도 생생하고 뚜렷하다. 말 그대로 반짝반짝 빛이 난다. 물론 젊기 때문이기도 하지만, 그녀가 책을 읽는 태도와 그녀의 마음을 채우고 있는 열심이 더 큰 이유인 것 같다. 나이가 어리거나 젊다고 해서 사람의 얼굴이 꼭 생기에 차 있는 것은 아니니까.

지하철의 여행자들을 조금만 관찰해보면 알게 된다. 분명히 젊기는 하지만 모든 일에 무관심해 보이는 이들의 표정에 어린 피로감과 권태에 비하면, 두꺼운 소설책에 정신없이 몰두해 있는 50대 신사의 얼굴이 훨씬 더 생기 있다는 사실을. 사실 정신의 젊음과 노쇠는 육체적 나이와는 별로 상관이 없는 것이다. 그건 태도나 열정에 더 많이 관련되어 있다.

『노란집』1부에는 '그들만의 사랑법'이라는 소제목 아래 묶인 노년의 부부에 대한 따뜻한 이야기들이 있다. 나도 모르게 미소를 짓게 되는, 영감님과 마나님의 사랑 이야기들이다.

어린 커플 못지않게 귀여운, 나이 든 커플의 모습이라니!

마나님은 영감님이 혹시라도 아무도 대작할 이 없이 쓸쓸하게 막걸리를 들이켜는 일이 생긴다면 그 꼴은 정말로 못 봐줄 것 같아 영감님보다 하루라도 더 살아야지 싶고, 영감님은 마나님의 쭈그렁바가지처럼 편안한 얼굴을 바라보며 이 세상을 뜰 수 있다면 얼마나 좋을까 싶어 요즘 들어 부쩍 마나님 건강이 염려스러운 것, 그건 그들만의 지극한 사랑법이다.

삭정이처럼 쇠퇴해가는 노년의 몸, 그러나 마나님의 손길이 닿으면 그건 살아 있는 역사가 된다. 마나님은 마치 자기만 아는 예쁜 오솔길을 걷듯이 추억을 아껴가며 영감님의 등을 정성스럽게 씻긴다.

사람에게는 이런 사람 하나씩은 있어야 하나 보다. 지극한 사랑이기도 하고 지극한 인연이기도 한 것. 저 '노년의 사랑'이 빛나는 건 어린 연인들의 '미래를 내다보는 사랑'과는 지점이 다르다. 그건 사랑이기 이전에, 사랑이라는 감정의 논리를 초월한, 한 인연이 거쳐온 역사다.

함께 거쳐온 오랜 세월, 함께 견뎌야 했던 고통, 그 헌신이나 인내 같은 것들을 과연 '인연'이라는 한 마디로 표현할 수 있을까? 하지만 그게 또 인연이 아니면 무엇이란 말인가. 운명적인 사랑이 있다고들 하지만, 운명보다 질긴 것이 인연 아닌가.

그러니 인연이라는 건 정말이지 쉬운 것이 아니다. 별과 별 사이처럼 멀고도 가까운 게 사람 사이다. 만나는 것도, 유지하는 것도, 끝내는 것도 다 어렵기만 한 것이 사람과의 인연이다.

우리는 살아가면서 수많은 인연을 경험한다. 유년의 풋내 나는 사랑, 이루어지지 않은 첫사랑, 평생을 함께하게 되는 사람, 잠시 스쳐 지나가는 사람. 나를 좋은 쪽으로 이끈 사람, 나에게 나쁜 영향을 준 사람. 내가 멋대로 떠나온 사람, 나에게 고통이나 상처를 주고 떠나버린 사람. 그러나 어떤 인연, 어떤 만남도 예외 없이 나를 성장시켰다. 행복을 주었든 고통을 주었든, 앞으로 나아갔든 뒤로 후퇴했든 간에, 누군가와 만났다는 사실은 어떤 씨앗처럼 내 마음에 뿌려지고, 언제나 무언가를, 제각기 다른 모양의 결실들을 조금씩 맺어놓았다.

심지어 길거리에서 느닷없이 내 등을 후려치고 사라진 정신병자와의 만남에도 나를 성장시키는 요소는 들어 있었다. 나는 그때 인간이 인간에게 무조건적인 폭력을 가할 수 있다는 사실을 배웠고, 그것이 얼마나 나쁜 일인지도 알게 되었다.

사실 사람이 무엇보다 크게 성장할 수 있는 기회는 이별에서 오는 것 같다. 존 버거는 "이별은 작은 죽음"이라고 썼다.[19] 그 말대로라면 살아 있으면서 죽음을 경험하는 것보다 사람이 크게 삶에 대해 배울 수 있는 기회는 없을 테니, 이별을 통해 '죽을' 수 있는 기회가 찾아온다면 마다하지 말 일이다.

슬픈 이별을 하나의 기회로 받아들이는 자세가 우리에게 주는 것은 생각보다 많다. 게다가 이별이 약속하는 더 큰 보상은, 이별 후에는 언제나 새로운 만남이 찾아온다는 불변의 사실에 있다. 만남과 이별을 반복하며 우리는 삶을 구축하는 것이다.

사랑, 미움, 만남과 이별이라는, 도무지 정체를 알 수 없는 것에 대해 생각한다. 알 수 없고 두려워서 때로 고독을 택하게까지 하는 것, 그러나 결국 그 알 수 없음에 나를 내어주는 것. 삶 그 자체인 것, 죽음의 반대편인 것.

✻

이런 생각을 하는 동안에도 두 어린 연인은 여전히 아름다운 모습으로 앉아 있다. 말해 무엇할까, 서로 사랑하는 사람들보다 아름다운 풍경이 따로 있을 것 같지 않은데. 예쁘고 사랑스러운 저 커플에게 축복을. 서로에 대한 믿음 가운데서, 열심히 각자의 길을 걸어가기를. "사랑은 존재의 중심을 재건"하는 일이라고 존 버거는 말했으니,[20] 부디 서로를 가능한 한 많이, 최선을 다해서 사랑해주기를, 가능한 한 조금만 미워하기를. 언젠가 이별이 찾아오면 그 이별의 고통과 슬픔을 만끽한 후, 새로운 인연을 향해 부단히 나아가기를.

새들이 사랑을 나누는 시간일까? 품고 있던 알이 껍질을 깨고 나오는 걸 보고 좋아서 저러는 걸까? 먹이를 찾으러 나가는 가장을 환송하는 지저귐일까? 아니면 미지의 새들이 서로 봄이 멀지 않았다는 걸 소통하면서 기쁨을 나누는 소리일까?……내 눈에만 잘 안 보인다뿐 엄연히 존재하는 아름답고도 조화로운 살아 있는 세상이 내 이웃이라는 게 얼마나 신기하고 감동스러운지 가슴이 울렁거렸다.

노 작가는 부지런히 지저귀는 새소리를 들으며 살아 있는 세상에 대한 감동으로 가슴이 울렁거린다고 썼다. 살아 있다는 것, 그것은 사랑한다는 것, 기뻐하고 슬퍼한다는 것, 지저귄다는 것이다.

살아 있기 때문에 누군가를 만나고, 누군가와 헤어지며, 사소한 일에도 가슴이 울렁거리는 것이다. 내 눈앞의 저 연인이 언제까지 인연을 이어갈지는 알 수 없지만, 지하철에서 본 그들의 모습도 내 가슴을 울렁거리게 한다. 그들의 살아 있음을 통해 내 살아 있음까지 느끼게 한다. 이 순간 역시 짧지만 아름다운 인연, 사람과 사람의 한때인 것이다. 그리고 소녀의 무릎에 놓인 책 한 권, 한 작가가 삶의 끝자락에서 썼던, '가슴 울렁거리는' 삶에 대한 이야기들.

그러고 보면, 한 권의 책 혹은 한 사람의 작가와 만나는 것 또한 특별한 인연이다. 작가-독자라는 만남은 결코 사소한 것이 아니다. 그 안에는 우연, 설렘, 부딪힘, 사랑, 대화, 성장, 고통, 이별이라는 과정이 모두 들어 있으니까. 지하철에서 책을 읽는 사람들의 얼굴이 그토록 생생하고 뚜렷해 보이는 이유는 그들이 그 책과, 그 책을 쓴 작가와 사랑에 빠져 있기 때문인지도 모르겠다. 그들이 '독서'라는 사랑의 행위를 통해 존재의 중심을 재건하고 있는 중이라서.

사랑의
기쁨과   슬픔

　고백하자면, 나는 지하철을 별로 좋아하지 않는다. 태양 빛이 들어올 수 없는 지하의 통로와 어둡고 탁한 공기를 들이마시며 좁은 공간 안에서 낯선 이들과 얼굴을 마주 보며 앉아 있어야 하는 열차 안을 즐기기보다는 견디는 편이다.

　어둠 속의 폐쇄된 공간, 지하철은 죽음이나 슬픔과 가까운 장소다. 때로 지하철은 무덤의 오마주처럼 보이기도 한다. 사람들은 지하철에서 사고로 죽기도 하고 스스로 죽음을 택하기도 하며, 그런 실제적인 죽음 말고도 지하철의 어둠 속에는 수많은 죽음이 존재한다.

　지하철 안에서 멍하니 앉아 눈길을 마주치기를 두려워하는 사람들의 얼굴, 삶을 원치 않는 것처럼 보이는 사람들의 무표정. 그들이 정말 살아 있는 것인지 어떻게 확신할 수 있을까?

그 무심한 얼굴들이 나는 가끔 죽음의 현시顯示처럼 보인다.

그러나 어둠이 있는 곳에는 빛이 있고, 지하철에 죽음이 있다면 삶도 있을 수밖에 없다. 무엇보다 결국 지하철은 '사람들'이 있는 장소다. 삶을 버리기 위해서든 택하기 위해서든, 그들은 살아가고 있다. 그들은 각자의 삶 속에서 지하철을 탄다. 지하철은 죽음을 위한 장소이자 삶을 위한 장소, 고통의 장소이자 기쁨의 장소다.

나는 지하철에서 자주 사람들의 얼굴을 살피고, 검은 창문에 반사된 내 모습 역시 살핀다. 물론 사람들의 얼굴에 떠오른 메마른 표면 아래로 어떤 고통이나 어떤 기쁨이 있는지 알수 없다. 나는 그들이 지금 어디로 가는지 알 수 없을뿐더러 그들 자신도 목적지를 모르는 사람들 같아 보인다. 지하철에서 사람들은 그렇게 길 잃은 아이 같은 얼굴을 하고 있다. 아마도, 무엇도 확실히 알 수 없는 가운데 운명이라는 힘에 이끌려 그토록 깊고 어두운 지하를 관통하고 있는 것이, 바로 우리의 삶이 아닐까?

한 가지 더 고백한다면, 나는 지하철에서 자주 길을 헤맨다. 지하철에서는 유독 방향 감각이 사라지고, 늘 가던 길도 잊어버린다. 내릴 역을 지나치는 것은 다반사이고, 심지어 지하철역에서 나오려다가 길을 잃고 도로 승강장으로 들어가는 경우도 있다. 그것은 내가 심한 길치라서이기도 하지만, 사실은 그 장소가 사색에 잠기기에 좋기 때문이기도 하다. 어둠과 깊이, 그리고 이동 속에서 깊은 생각에 빠지거나 책에 몰입하다 보면, 지하철의 수많은 계단과 여러 갈래의 길은 순식간에 미로가 되어버리는 것이다. 보르헤스의 끝없이 두 갈래로 갈라지는 길들이 있는 정원처럼.

✳

나는 오늘도 내릴 역을 지나쳤다. 하지만 그 덕분에, 아름다운 여자가 손에 책을 들고 있는 풍경과 마주칠 수 있었다. 그녀는 검고 긴 생머리에 흰 얼굴, 붉은 입술을 가졌다. 그녀가 들고 있는 책은 셰익스피어의 희곡 『로미오와 줄리엣』이다.

나는 이렇게 책 읽는 사람들이 있는 풍경을 가진 4호선 지하철이 정말 좋다는 생각을 잠시 한다. 내릴 역 따위, 좀 지나쳐도 다시 돌아가면 되지 않는가. 그러니까 지하철의 어둠이 싫은 만큼, 나는 이 복잡하고 다양한 길과 풍경을 품고 있는 곳을 좋아하는 것 같다.

오 그럼, 싸우는 사랑이여! 사랑하는 미움이여!

오, 무에서 처음으로 창조된 만물이여!

오, 무거운 경박함, 심각한 허영심,

잘생긴 형체들의 보기 흉한 혼돈이여!

납 깃털, 맑은 연기, 차가운 불, 병든 건강,

겉보기와 정반대인 뜬눈의 잠이여!

　로미오와 줄리엣의 이야기는 비극이지만, 그 슬픔 속에
드러나는 사랑은 우리가 아는 그 어떤 사랑 이야기보다 지극
하고 아름답다. 사랑의 기쁨이 슬픔과 고통을 통해서 커진다
는 사실, 그 달콤하고 치명적인 모순을 로미오와 줄리엣의 비
극이 나타낸다는 것을 두 번 말할 필요는 없을 것이다. '사랑하
는 미움'에 대해 우리는 어느 정도 이미 알고는 있지만, 그러나
그 수수께끼를 우리가 과연 완벽하게 이해할 수 있을까?

　사랑도 미움도, 결코 어느 한 쪽만을 의미하지는 않는다.
우리는 사랑하면서도 미워하고, 미워하면서도 사랑하며 살아
가는 것이다. 그리고 그 양가감정은 우리의 생을 '끝없이 두
갈래로 갈라지는 길들이 있는 정원'으로 만들 것이다.

　　아낌없는 내 마음은 바다처럼 끝이 없고

　　사랑 또한 같이 깊어 더 많이 줄수록

더 많이 생겨나요. 둘 다 무한하니까.

자신의 마음을 '바다처럼 끝이 없'는 것이라고 말하는 줄리엣. 그래서 우리의 마음을 우리가 어쩌지 못하는 것일까, 바다처럼 깊은 그 마음을. 살수록, 사랑할수록, 나는 사랑이 무엇인지 모르겠고 내 마음을 어쩌지 못하겠다. 결국, 그것이 무엇인지도 잘 알지 못하면서 우리는 사랑 없이 살지 못하는 것이다. 그러나 그 '알지 못함' 때문에, 우리는 사랑에 그토록 매혹되는 것이 아닐까. 그것이 때론 치명적인 독이 되는데도.

로미오와 줄리엣의 사랑이 단지 사랑이기만 했다면, 그것이 그토록 아름다웠을까? 많은 사람에게 알려진 그 비극이 비극으로서보다는 사랑의 모습으로 사랑받은 것은, 그것이 죽음에 이르는 사랑이었기 때문이 아니었을까?

알랭 바디우는 사랑을 "삶의 재발명"이라고 말한다.[21] 사랑은 때로 죽음의 형태로 닥쳐오지만, 그것이 무언가를 '죽일' 만큼 강력하기에 우리는 사랑을 통해 우리의 삶을 다시 발명할 수 있다. 사랑하기에 사람들은 자신을 버리고, 고통을 감수하며, 무언가에 헌신하는 것이다.

삶을 사랑하지 않는다면 우리가 이 생의 모든 고통을 겪어내는 일이 가능할까. 어떤 기쁨 이후에 찾아오는 어떤 절망에 대해, 어떤 고통 이후에 맞이하는 또 다른 기쁨에 대해, 우리는 언제나 알 수 없고, 어쩔 수 없다. 다만 우리가 할 수 있는 일은 이 삶을 살아내며 끊임없이 뭔가를, 누군가를 사랑하는 일일 뿐이다.

✳

　『로미오와 줄리엣』을 읽고 있는, 얼핏 줄리엣의 모습처럼 보이기도 하는 저 긴 생머리의 여자는 알고 있을까? 우리를 때로 죽음에 이르게 하는 그 사랑이, 그녀에게는 찾아온 적 있을까, 아니면 지금 와 있을까? 혹은 앞으로 찾아오게 될까? 우리에게 사랑은 무엇일까? 혹은, 우리에게는 과연 사랑이 있을까? 그런 후 우리에게는 어떤 절망이 기다리고 있을까? 죽음보다 깊은 사랑은 절망과 고통을 그림자처럼 데려오지만, 그러나 그 어떤 생의 순간보다 빛나는 어둠의 순간이 아니던가?

　　아, 사랑하는 줄리엣,
　　아직도 왜 이렇게 고와요? 실체 없는 죽음이
　　깡마르고 흉측한 그 괴물이 연정 품고
　　당신을 자신의 애인 삼기 위하여

여기 이 어둠 속에 가뒀다고 믿을까요?

그것이 두렵기에 난 여기 당신과 함께 남아

희미한 이 밤의 궁전을 절대로

떠나지 않겠소. 당신의 구더기 시녀들과

난 여기, 여기에 머물 거요. 오, 여기에

내 영원한 안식처를 확정할 것이고

불길한 별들의 멍에를 세상 지친 이 몸에서

떨쳐 버릴 것이오. 눈이여, 끝으로 보아라!

팔이여, 끝으로 포옹하라! 그리고 입술이여,

오 너, 호흡의 관문이여, 올바른 키스로

다 삼키는 죽음과 무한 계약 맺어라!

두 어린 연인이 죽음에 삼켜지는『로미오와 줄리엣』5막 3장의 성당 묘지에서, 로미오는 독약을 마시기 전 이렇게 읊조린다. 비탄과 슬픔, 그리고 죽은 사랑의 고운 얼굴을 마주하며, 사랑의 빛 대신 죽음의 어둠을 맞이하며. 그러나 이 죽음의 대사는 또한 지극한 사랑의 말, 세상의 그 어떤 기쁨보다 큰 기쁨의 말이기도 하다.

고백하자면, 나는 아직도 사랑이 무엇인지 알지 못한다. 저 젊고 여린 여자의 흰 손에 들려 있는 책 한 권이 말해주는 그 사랑이 무엇인지, 나는 그녀만큼이나, 혹은 그녀보다도 알지 못한다. 그래서 나는 사랑을 원한다. 그것이 무엇인지 잘 알지 못하기에, 혹은 그것이 주는 고통을 잘 알기에, 사랑을 두려워하면서도 사랑 없는 삶을 원하지는 않는다.

나는 사랑의 기쁨과 슬픔을 읽는 저 젊은 얼굴을 위해 잠시 기도한다. 그녀가 이 생을, 그리고 누군가를 깊이 사랑하기를. 그 사랑 때문에 때로 어둠 속에 내던져지더라도, 그 어둠의 깊이에서 자신의 삶을 재발명할 수 있기를. 사랑을 통해서 그녀에게 그녀 자신의 새로운 이름이 발견되기를. 더욱 아름답고, 더 치열하게 그녀 생의 어떤 막이 닫히고 새로 열리기를, 끊임없이 사랑하며 절망하기를. 여기 이 지하의 열차 안에서, 로미오와 줄리엣의 그 유명한 사랑과 죽음의 이야기 곁에서 나는 기도한다.

오, 슬프다! 오, 슬프고, 슬프고 슬픈 날!
최고로 애처롭고 최고로 슬픈 날
아직까지 이런 날은 단 한 번도 못 봤다!
오 이런, 오 이런, 오 이런 미운 날!
이토록 어둠에 잠긴 날은 본 적이 없었다.
오 슬픈 날, 오 슬픈 날이다!

생의 모든 날은 언제나 최고로 슬픈 날이 될 수 있다는 가능성, 그 달콤한 살아 있음. 우리는 모든 것을 알고 있는 동시에 모든 것을 알 수 없다. 슬픔은 살아 있음이다. 사랑은, 우리가 살아 있다는 사실은 슬프지만, 그 슬픔으로 나는 또 다른 하루를 산다, 살아갈 수 있다. 어쩌면, 슬프기 때문에 나는 기쁜 것이다. 고백하자면.

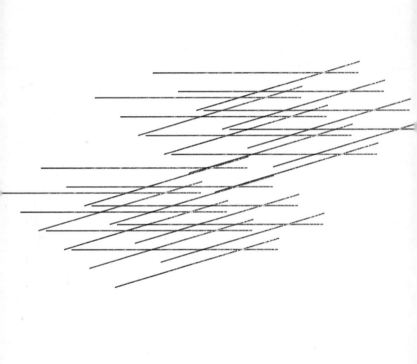

세상의 끝,
지구의 끝

  늦가을에, 나는 기차를 타고 바다로 향했다. 그리고 지난 여름에 보았던 바다와는 다른, 좀더 평온하고 조용한 바다를 보았다.

  바다 이야기를 해보자. 당신들도 바다를 본 적이 있을 것이다. 나는 지난여름에 평생 잊을 수 없는 바다의 검푸른 색을 보았다. 멀리서 갈매기들이 줄지어 앉아 있는, 통영항의 비 오는 방파제에서 오랫동안 바다를 바라보며 비를 맞았다. 차가운 비가 세차게 내려 바다를 울부짖게 만들었다. 바다가 그런 표정을 지을 때는 그토록 두려운 얼굴이 된다는 것을 그때 처음 알았다. 사람의 흔적이 없는, 여기저기 뜯겨져 방치되어 있는 그 방파제는 세상의 끝처럼 느껴졌고, 지구의 끝 같기도 했다. 그래서 나는 끝에 대해 생각했다. 끝에 다가가는 사람들에 대해.

　그 여름 바다의 기억을 품고, 나는 11월의 밤바다를 보았다. 친구와 함께 부산에서 하룻밤 묵을 계획이었다. 하루 종일 가는비가 내렸지만 바다는 춥지 않았다. 습기를 품은 훈풍이 가만히 우리를 감싸 안았다. 바다의 끝은 끝이 아니라는 생각을 잠시 했던 것 같다, 검은 수평선을 바라보며.

　부산에서 우리는 이곳저곳으로 갈 때마다 지하철을 탔다. 부산의 지하철은 생전 처음 타보는 것이었는데, 서울 지하철보다 내부가 좁았다. 그러나 서울 지하철과 다른 것은 그것뿐이었다. 같은 얼굴의 사람들이 같은 표정으로 지하철을 타고 있었다. 물론 나는 그때 여행 중이었고, 그래서 사람들의 표정 같은 것을 자세히 본 것은 아니었다.

　환승역에는 역시나 사람이 많았다. 부산 사람들이 서울 사람들보다 조금 더 활기차 보였고, 더 자유로워 보였지만 그 느낌 역시 내가 여행 중이기 때문이었는지도 모르겠다.

＊

　나는 그 여행에 존 버거의 소설 『킹』을 챙겨 가지고 갔다. 부산역에서 지하철을 타고 해운대역까지 가는 동안, 그러니까

지하를 통해 부산이라는 낯선 도시를 가로지르면서, 나는 그 책을 잠시 읽었다. 나 말고도 지하철 안에는 책을 읽는 사람이 몇 있었다. 그들이 읽는 책이 무엇인지는 보지 못했지만, 어떤 지하철이라도 독서의 공간이 될 수 있다. 당연히, 내부의 폭이 더 좁고, 전혀 낯선 역들이 있는 부산의 지하철도 다를 것이 없었다.

소설 『킹』의 화자는 개다. 킹이라는 이름을 가진 떠돌이 개. 우리는 이 책을 통해 개의 마음을 들여다볼 수 있다. 그리고 개가 바라보는 어떤 사람들에 대해 알게 된다. 그 사람들은 세상의 끝, 지구의 끝에 닿아 있다. 모든 것을 버리고 끝에 다다랐지만, 그 끝에서 아직 살아가고, 아직 기도하고 있는 사람들. 개는 그들과 우정을 나누고 사랑에 빠진다.

저요, 저는 두려움이 없는 곳으로 갈 거예요. 언젠가 내가 뤼크에게 말했다.

어디를 가든 두려움은 있을 거야. 그가 말했다.

제가 가는 곳엔 없어요.

삶이 있는 곳이면, 두려움도 있는 거야. 그가 다시 말했다.

문득, 두려움에 대해 생각한다. 내가 통영항의 비바람 부는 바다에서 본 것도 두려움이었다. 그러나 그것은 내가 아직 살아 있기 때문이었다. 바다는 공포스러운 깊이와 소리를 통해 그것을 내게 알려주려 했다. 너는 살아 있는 거라고, 이 끝은 끝이 아니라고. 그래서 나는 비에 젖은 몸을 일으켜 바다 앞에서 돌아섰고, 다시 삶으로 돌아가기 위해 그 방파제를 빠져나왔다.

그때 내가 끝에 내몰린 사람들에 대해 생각했던 것은 왜였을까? 얼마나 많은 사람이 삶을 빼앗기며, 결국 두려움마저 빼앗기게 되는지에 대해서, 그때 나는 생각하지 않을 수 없었다. 어떤 사람들이 바다가 감춘 어둠, 그 심연에 자신을 빠뜨리는지. 과연 얼마나 많은 사람이, 그런 암흑 속에서 숨을 쉴 수 있는지. 나는 어떠한지, 당신은 어떠한지.

혹시나 끝의 끝없음을 깨닫지 못하고, 그 전에 두려움마저 버리고 스스로 암흑 속에 빠져들려고 하는 사람들이 있지는 않을까, 아니, 분명히 있을 거라고, 비에 젖어 떨면서 나는 오랫동안 생각했다. 앞으로 더욱더 그들에 대해 생각해야 하는 건 아닐까, 나는 바다의 깊은 어둠에서 흘러나오는 두려움 앞에서 그렇게 생각했다.

사람들이 끝에 몰리는 이유에는 여러 가지가 있겠지만, 많은 사람이 가난하기 때문에 그곳으로 간다. 나는 부산의 거대한 백화점과 빌딩을 보고 가난을 느꼈다. 저런 것들을 세워 올리면, 어떤 사람들은 부자가 되고 어떤 사람들은 가난해지게 된다.

부산은 얼핏 보았을 때 부유해 보였지만, 그 부유함 때문에 더 가난해지는 사람들이 어딘가에 있을 것이었다. 바다가 햇빛에 눈부시게 빛나면서도 수면 아래에 깊은 어둠을 감추었듯이, 보이는 것보다 많은 것은 언제나 보이지 않기 때문에.

광장보다 나은 자리도 있고 더 나쁜 자리도 있다. 하루하루 세상이 더 가난해지는 시기에 사람들은 다음 모퉁이에는 돈이 더 많을 거라고 스스로에게 말한다. 진짜 돈은 동물원이 있는 곳으로 가버렸다.

킹은 비코와 비카의 개가 된다. 가난한 사람들의 가난한 개는 그들의 가난을 사랑한다. 가난한 사람들의 통통 부은 손과 연약한 육체, 창백한 얼굴을 사랑한다. 지하철에서 지나치는 사람들의 가난, 여행지에서 만나는 가난. 가난은 그러나 돈이 있다고 해서 없어지는 것은 아니다. 가난은 우리 모두의 가슴속에 있다. 누구에게나, 숨겨진 바닷속처럼. 그리고 그 어둠은 밤하늘이 그렇듯이 별을 품고 있기도 하다.

폴리스티렌 판에 오렌지색을 칠했다. 군데군데 색을 칠하지 않고 흰색 그대로 남겨둔 건 별처럼 보이게 하려는 생각에서였다. 밤이 되어 비코가 등을 끄면, 그 흰 자리가 어둠 속에 반짝이고, 우리는 잠들기 전에 그것들을 바라본다.

11월의 해운대 밤바다에서, 친구와 나는 비가 그치고 보송해진 모래밭에 누워 있었다. 어둡고 포근했다. 별이 보이지 않아서 서운했지만, 구름 사이로 달이 떠올라 있었다. 그 달 아래에서 나직하게 파도 소리가 들려왔다. 나는 보이지 않는 별들과 그 별들 사이의 거리에 대한 생각을 했다. 몇 만 광년씩 떨어진 거리를, 시간으로 계산해야 하는 우주의 법칙에 대해서도 생각했다. 사람들 사이에도 별의 거리와 유사한 거리가 있다. 걸어가서는 결코 가까워질 수 없는 거리. 시간으로 계산해야 하는 그 거리.

한때 나는 타인이 없다고 믿었다. 내 고통이 모두인 것 같았다. 그러나 두려움으로 인해 삶을 깨달을 수 있다면, 내 고통으로 인해 타인을 깨달을 수도 있어야 한다. 타인의 고통을 느낄 수도 있어야 한다.

나는 별이 우리에게 빛을 전해오는 이유를 어렴풋이 알 것 같았다. 별이 보이지 않는 밤바다 앞에 누워서, 이미 죽은 별의 빛이 우리 눈앞에서 반짝이는 이유를. 그것은 우주에는 다른 별이, 또 다른 별들이 어마어마하게 많이 존재하기 때문이다. 우리는 자신의 존재를 다른 존재에게 알려야 한다. 어떻게든 내가 존재한다는, 존재했다는 사실은 사라지지 않기 때문에.

지구에서 쫓겨나는 사람들이 있다. 우리는 그런 존재들이 우리에게 전해오는 빛을, 보이지 않아도 보아야 한다. 그 빛이 여전히 반짝이므로. 어떤 존재라도 반짝일 수 있고, 그 반짝임은 대개는 고통의 빛이다. 보이든 보이지 않든 간에.

밤바다에서는 사람들이 하늘을 향해 작은 불꽃들을 쏘아 올렸다. 조악하게 만들어진 불꽃들은 지상과 얼마 떨어지지 않은 하늘에서 제각기 작고 초라하게 터졌다. 아마도 우리의 존재 역시, 지상과 그렇게 멀리 떨어지지 못하고 타오르다가 이윽고 꺼질 것이다. 그러나 우리가 한때 타올랐다는 사실은 꺼지지 않는 것이다.

＊

나는 사람들의 소식을 듣는다. 죽은 사람들, 죽어가는 사람들. 나는 그들의 고통을 믿지 못한다. 때로는 그것을 믿고 싶지 않다. 그러나 멀지 않은 곳에서 그들은 타오르고 있다. 그들이 보이지 않는다고 해서 그들의 미약한 반짝거림이 사라지지는 않는다. 멀리서 보면, 우리 모두는 한데 뭉뚱그려진 별빛일 뿐이다.

첫 번째 야만성이 관용을 담고 있었던 건 인간의 감각에만 영향을 미쳤기 때문이야. 그런데 두 번째 야만성은 감각뿐 아니라 생각 자체에까지 침투했고, 그 때문에 더 사악하고 잔인해진 거지. 두 번째 야만성은 자유를 약속하고 그에 대해 이야기하면서, 인간을 죽이고 모든 것을 앗아가 버리는 거야.

우리의 생각에 침투해 있는 두 번째 야만성. 거짓말을 하고, 거짓 약속을 하면서 사람들을 죽이고 그들에게서 모든 것을 빼앗는 야만성. 그 야만성으로 인해 우리는 타인을 믿지 않는다. 서로의 반짝임을 보지 못한다. 우리의 고통이 서로 다른 것이 아님에도, 우리는 우리의 고통만을 믿는다. 나 자신의 암흑만을 바라보려 한다.

그러나 지하철에 앉아보라. 지하철에서 사람들의 얼굴을 바라보라. 이 나라의 어떤 지하철에 가도, 같은 얼굴의 같은 반짝임들이 있다는 것을 보라. 나는 부산의 지하철에서도 그런 반짝임들을 본 것 같았다. 비록 다시는 마주칠 일 없는 철저한 타인이라 해도, 그들은 거기에서 그렇게 반짝이고 있었다.

킹이 바라보던 쓰레기 더미 위의 사람들도 미약하게 반짝이고 있었다. 제각기 초라하게 불타오르는 불꽃처럼, 누군가 그들을 지상에서 몰아내려 한다고 해도, 그들이 반짝이고 있었다는 사실은 변하지 않는다. 고통으로 일그러진 사람들의 얼굴. 자기만의 고통이 아닌 우리 모두의 고통, 우리 모두의 반짝임.

우리 둘은 살루스트가街를 지나는 사람들의 발을 지켜본다. 어느 거리에나 발을 헛디딜 구멍들이 있는데, 세상 모든 거리에 있는 구멍들은 하나의 같은 암흑 안에서 만난다. 모든 것이 들어 있지만 아무것도 아닌 것처럼 보이는 그곳.

우리는 모두 발을 헛디디며 살아가고 있다. 구멍에 빠지며 살고 있다. 내가 본 바닷속의 어둠처럼, 결국 우리 모두는 같은 암흑 안에서 만날 것이다. 그리고 그 암흑이 있기에 우리가 반짝이는 건 아닐까. 서로에게 내 존재의 빛을 보낼 수 있는 그 시간의 거리, 고통의 간격이 있기에.

당신도 바다를 본 적이 있을 것이다. 당신도 자신만의 암흑을 갖고 있을 것이다. 그 암흑은 서로 이어진 것이다. '모든 것이 들어 있지만 아무것도 아닌 것처럼 보이는 그곳', 그 모든 끝에서는.

페스트는 과연
사라졌을까?

　가을 햇볕 아래에서 아이는 주워온 낙엽들을 일렬로 늘어놓고 무엇이 가장 예쁜지 묻습니다. 보라색, 노란색, 갈색, 초록색, 붉은색들이 나뭇잎마다 다른 얼굴과 표정을 만들어놓았습니다. 나는 자연의 그 세밀한 그림을 보며 새삼 죽음을 느낍니다. 그렇습니다. 그것이 무엇이든 예술은 죽음을 향하는 것이지요. 원래는 모두 한결같은 초록색이었던 잎들, 보통의 그 나뭇잎들이 생명을 잃어가면서 다른 색과 다른 표정을 갖는 것입니다. 가을이 이렇게 깊어갑니다. 가을이 여름과 겨울의 사이에 놓여 있고, 삶과 죽음의 사이에 놓여 있습니다.

　문득 며칠 전의 3호선 지하철을 생각합니다. 사람들의 옷차림이 달라졌어요. 이맘때 사람들은 제각기 다르게 물든 낙엽들처럼 제각기 다른 계절을 사는 것 같습니다. 아직 남은 여름의 옷을 입은 사람도 있고, 아직 오지 않은 겨울의 옷을 입은 사람도 있었습니다. 그들 사이에서, 내 앞에 앉은 한 커플이 눈에 띄었습니다. 그들은 나란히 앉아 책을 읽고 있었습니다.

대학생으로 보이는 그 남녀가 읽는 책이 궁금해서 그들을 흘끔거리기 시작했지만, 나는 끝내 여학생이 읽는 책이 무엇인지는 알아내지 못했어요. 그들이 동대입구역에서 내릴 때 남학생이 읽던 책의 제목을 알아보았습니다. 그것은 알베르 카뮈의 『페스트』였습니다.

그들은 자신들이 자유롭다고 믿고 있었지만 재앙이 존재하는 한 그 누구도 결코 자유로울 수는 없는 것이다.

문득 라스 폰 트리에의 영화 〈멜랑콜리아〉를 떠올립니다. '멸망'이라는 재앙 앞에서 사람들이 어떤 태도를 취하는지 나는 그 영화를 통해 보았습니다. 영화 속의 인물들은 재앙에 대응하기 위해 제각기 다른 말과 행동을 했지만, 누구도 그 재앙에서 자유롭지는 못했지요.

우리는 지구라는 행성에서 사는 인간입니다. 우리는 스스로 이 별의 주인이라고 여기며 살아가는 나약하고 작은 존재로 계절의 변화와 자연과 사회, 그 모든 일상에 적응하며 의식적으로든 무의식적으로든 이 세계 안에서 함께 살아갑니다. 표면적으로는 평화롭게, 매일의 식사와 짧은 대화, 작은 사랑과 욕망들에 기대어서요. 그러나 우리는, 실은 재앙에 이미 직면해 있지 않은가요. 우리는 고립되고 소외되어 있으며, 매일매일 이별하고 있지는 않은가요.

지하철에서 마주치는 낯선 사람들과 어깨를 맞대고 나란히 앉아 있을 때, 누군가가 아무 말 없이 내 어깨를 치고 지나갈 때, 한밤의 지하철 승강장 벤치에 누워 자고 있는 지치고 초췌한 사람을 볼 때마다 불쑥불쑥 그런 생각이 듭니다. 이 모든 것은 우리가 일상적으로 받아들이고 있는, 어떤 재앙이지는 않을까 하고요.

솔직히 말해서 도시는 못생겼다. 일견 한가로워 보이는 이 도시가 전 세계 각지에 있는 수많은 상업 도시들과 어디가 다른지를 알아차리자면 시간이 걸린다. 가령, '비둘기도 없고 나무도 없고 공원도 없어서 새들이 날개 치는 소리도 나뭇잎 흔들리는 소리도 들을 수 없는 도시, 요컨대 중성적인 장소'일 뿐인 이 도시를 어떻게 설명하면 상상할 수 있을까?

존재하는 것처럼 존재하지 않고, 존재하지 않는 방식으로 존재하는 곳. 없는 것들로만 존재하는 것 같은 도시, 오랑^{Oran}.
우리의 도시도 이 도시의 모습과 크게 다르지는 않지만, 무엇
보다도 지하철 안이야말로 카뮈가 설명한 '중성적인 장소'와
닮았다고 할 수 있을 것 같습니다. 지하철에서 사람들은 아무
도 타인에게 관심을 두지 않고, 아무도 비둘기나 나뭇잎 흔들
리는 소리를 기대하지 않으니까요.

＊

언젠가 화재 경보가 울려 멈춰 버린 지하철에서 역과 역
사이의 어두운 통로로 내려야 했던 경험을 했습니다. 열차와
벽 사이의 공간은 사람 한 명이 간신히 서 있을 수 있을 만큼
좁았기 때문에, 지하철에서 내린 사람들은 한 줄로 죽 늘어서
있었습니다. 앞으로 가야 할지 뒤로 가야 할지 아무도 몰랐기
때문에 사람들은 어디로도 움직이지 않았고, 그 와중에 누군
가는 내 발을 꽉 밟았습니다.

우리는 놀라고 당황한 채로 캄캄한 어둠 속에서 한동안
서 있었지요. 그때 끔찍한 무력감을 느꼈던 것이 기억납니다.
죽음이라든가 재앙 같은 것이 얼마나 우리 곁에 가까이 놓여
있는지를 깨달아야 했던 것입니다.

다행히 화재 경보는 잘못된 것이었고, 다시 지하철에 올라
탄 사람들은 서로 아무런 말없이 다음 역에서 내려 흩어졌지
만, 아마도 그때 한 열차에 타고 있던 우리는 서로의 죽은 얼굴
을 마주 보아야 하는 처지였을 수도 있었을 것입니다.

우리들은 모두가 시의 문에서 울리는 총소리며, 우리들의
삶 또는 죽음에 박자를 맞추어 주는 고무도장 소리의 한가운
데서, 화재와 카드, 공포와 수속 절차 속에서, 굴욕적이면서도
대장에 등록된 죽음과의 약속을 기다리면서, 무시무시한 화
장터의 연기와 구급차의 한가한 사이렌 소리 속에서, 자신도
모르는 사이에 저 어처구니없는 재회와 평화의 시간을 똑같이
기다리면서 똑같은 유배의 빵으로 요기를 하고 있는 것이었
다. 틀림없이 우리의 사랑은 여전히 거기에 있었건만, 단지 그
것은 무용지물이어서, 지니고 다니기에만 무거울 뿐 우리의
마음속에서는 생기를 잃어, 마치 범죄나 유죄판결과도 같은
불모의 존재였다.

오랑의 주민들은 평범한 매일의 일상 속에서 어느 날 갑
자기 페스트를 맞이하게 됩니다. 그러나 저 고립과 죽음이 단
지 '페스트'일 뿐인 걸까요. 나는 우리의 일상, 내 매일이 혹시

페스트와 같은 것은 아닌지 자문해봅니다.

들리지 않는 총소리, 보이지 않는 화장터의 연기, 무용지물인 불모의 사랑. 그것들 사이에서, 어처구니없는 기다림의 시간들을 우리는 보내고 있지 않나요? 언젠가 재회하기를, 언젠가 평화롭기를 우리는 기다리며 유배의 시간을 보내고 있지는 않나요? 우리는 매일매일 죽어가는 사람들을 보고 있지 않습니까? 페스트가 이 도시에는 퍼져 있지 않다고, 그러니까 페스트는 사라졌다고, 과연 말할 수 있는 것일까요?

우리의 세계에 퍼져 있는 재앙은 단지 페스트가 사라졌다고 해서 사라지는 것이 아닙니다. 우리는 끊임없이 그 모습을 달리하여 찾아오는 재앙을 봅니다. 그것은 때로는 치명적인 바이러스로, 때로는 전쟁과 살육으로, 때로는 서로에 대한 무관심과 이기심으로, 만연해 있는 물질과 자본에 대한 맹신으로, 욕망으로, 우울로 우리를 찾아옵니다. 그 재앙들은 우리를 고립시키고, 서로 이별하게 만들고, 사랑을 불모의 것으로 만들며, 사람들을 죽음에 이르게 만듭니다.

이미 짐작했겠지만, 그것은 결국 그들이 지닌 가장 개인적인 것의 포기를 의미하는 것이었다.……사랑조차도 그들에게는 가장 추상적인 모습을 띠게 되었다. 그들은 이제 잠잘

때 꿈속에서밖에는 희망을 품지 못했고, 자신도 모르게 '그놈의 멍울, 이젠 좀 끝장이 났으면!' 하고 생각할 정도로 페스트에 온통 자신을 맡겨 버린 상태가 되었다. 그러나 사실은, 그들은 이미 잠들어 있었으며, 이 기간 전부가 하나의 긴 잠에 불과했다.

나에게도 페스트는 있습니다. 언제나, 어딘가에 숨겨진 채로, 내 안에 잠복해 있는 페스트를 나는 알고 있습니다. 실은 잊고 있을 때도 많습니다만, 그것을 완전히 잊는다는 것은 불가능하지요. 나의 재앙은 여러 가지 모습을 갖고 있고, 내가 약해진 순간, 또는 아무런 대비도 없을 때 저항할 수 없는 모습으로 어느 날 나를 덮칠 것입니다. 알아야만 하겠지요. 끊임없이 그것과 싸워야 하는 이 삶에서, 과연 무엇이 더 중요한 것인지를, 어떻게 잠에서 깨어날 수 있는 것인지를.

❋

우리에게 희망이 없다고 말하기는 쉽습니다. 그러나 그 희망 없음을 정말로 아는 것은 어렵습니다. 희망이 없다는 것을 안다면, 우리는 희망이라는 것이 실제로 존재하는 어떤 것임을 안다는 말도 되니까요. 그러니까, 희망 없음은 실은 희망의 어떤 형태인 것입니다. 어쩌면, 내 안의 페스트를 인식하고, 그것과 싸우는 것, 그 끊임없음이 바로 희망인지도 모르겠습니다. 그리고 어쩌면, 삶을 지속시키고자 하는 우리의 집착과 욕망이야말로 희망일지도 모릅니다.

당신에게 가장 두려운 것은 무엇인가요, 하고 묻는다면 사람들은 각자 다른 것을 말하겠지요. 침대 밑 괴물, 귀신, 지진, 전쟁, 홍수…… 개인적인 상실과 누구도 알아주지 않는 고독, 이별, 억울함을 토로하겠지요. 하지만 그것들은 삶의 반대편에 있는 것이 아닙니다. 무언가를 두려워하는 우리는 결국 삶을 살아가고 있는 것입니다. 계절은 원을 그리며 우리를 스쳐갑니다. 가을이 지나, 이제 곧 겨울이 오겠지요. 언젠가 우리는 죽을 것입니다. 그리고 죽음마저도 우리 삶 안에 있는 것입니다.

그냥요. 그분은 그저 무의미한 말은 하지 않으셨어요. 어쨌든 나는 그분이 좋았어요. 그냥 그랬다 이겁니다. 딴 사람들은 '페스트예요. 페스트를 이겨냈다고요' 하고 난리를 치죠. 좀더 봐주다간 훈장이라도 달라고 할 판이죠. 그러나 페스트가 대체 무엇입니까? 그게 바로 인생이에요. 그뿐이죠.

색색의 낙엽들을 나는 책장 사이에 끼워 놓았습니다. 그래요, 나뭇잎들의 죽음을 기념하는 것이지요. 이 가을, 언제나처럼 삶이 앞에 놓여 있습니다. 나는 존재할 것입니다. 페스트와 최선을 다해 싸울 것입니다. 내 죽음을 나만의 색으로 물들이기 위해 살아갈 것입니다. 당신도 존재하십시오. 살아가십시오. 때로는 이길 수 없는 싸움을 하십시오. 그것이, 인생이니까요.

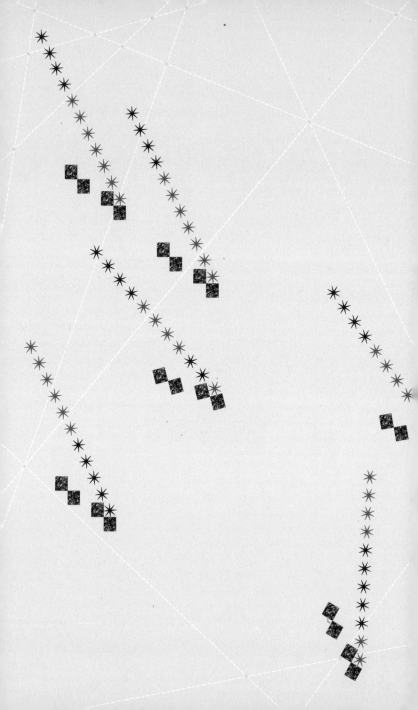

겨울

내가 지하철의 책 읽는 사람들을 바라보는 시선도

사랑을 포함하고 있는지 모르겠다.

나는 그들을 특별하고 아름답다고 인식하니까.

지하철에 앉아 이반 투르게네프의 『첫사랑』를 읽는 여자라면,

그녀가 어떻게 특별하지 않을 수 있을까.

나는 그녀의 모습을 보고 그 내면에 숨겨진 사랑과 갈망,

고독이나 슬픔까지 느낄 수 있었으므로.

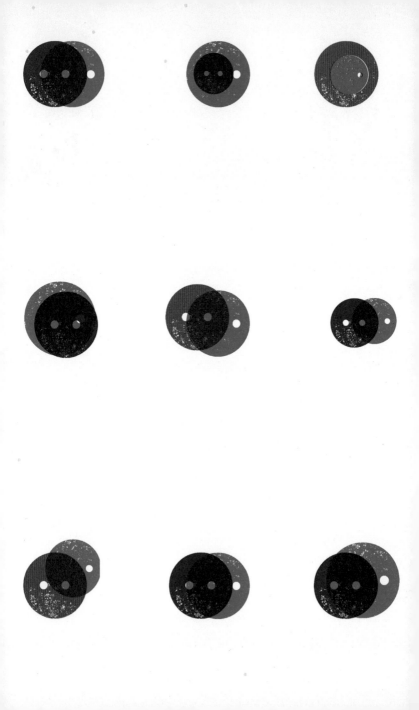

희망이라는
슬픈 바위

낮선 사람들과 차가운 술을 마시고 돌아오는 길이다. 어
둡고 긴 4호선 지하의 철길. 막차에 탄 사람들은 나처럼 취했
거나 지쳐 있다. 막차는 왜 막차일까. 몇 시간 후에는 다시 새
벽차가 운행되는데 이게 어째서 마지막 차란 말인가. 살면서
얼마나 많은 차를 탈까. 이런 식의 취중 상념에 빠져 있을 때,
나는 그를 보았다.

처음엔 그가 소년인 줄 알았다. 무릎 위에 문제집을 펼치
고, 밑줄을 긋고 화살표를 그려가며 열심히 공부하는 한 소년
의 수그린 머리와 목, 좁은 어깨를 본 줄 알았다. 늦은 밤, 막차
에서, 지친 사람들이 무심한 얼굴로 귀가하는 지하철 안에서
나는 한 소년의 가느다란 뒷목을 뜻 없이 바라보며 서 있다고
생각했다.

고개를 든 그 사람은 머리가 희끗희끗한 중년이어서, 나는 조금 놀랐다. 짧게 깎인 머리에 섞인 백발은 지하철의 형광등 불빛 아래에서는 잘 보이지 않았던 것이다. 마른 몸에 낡은 점퍼, 낡은 가방, 초라해 보이는 어떤 종류의 학습서. 그건 두껍고 알록달록한 영어 교재도 아니었고, 대학생들이 가끔 읽고 있는 전문서나 외서도 아니었다. 인문학이나 철학서도, 에세이도 자기계발서도, 시집도 소설책도 아니었다. 그건 그냥 문제집, 줄이 잔뜩 그어진, 언뜻 봐도 그렇게까지 열심히 공부하고 싶은 마음은 별로 들지 않는, 그런 책이었다.

막차를 탄 사람들은 말이 없다. 그 시간에 책을 읽거나, 희망 어린 눈빛으로 어딘가를 보고 있는 사람은 거의 없다. 사실 그 막차에 탄 우리는 아무것도 보지 않고 있다. 볼 수가 없다, 너무 지쳐서. 관계와 사랑과 미움과 질투와 기쁨과 슬픔, 분노와, 그러니까 삶이라는 괴물과 맞서 싸우고, 이제 겨우 하루를 마무리하기 위해 우리는 막차를 탔다. 이것이 막차라는 사실, 그러니까 어쨌든 집에 돌아갈 수 있고, 남은 일은 돌아가서 어서 씻고 침대로 들어가는 일이라는 사실 외에는 아무것도 중요하지 않은 그런 시간, 그림자나 껍데기만 남아 있는 시간. 하루를 보내고 휴식을 위해 홀가분한 마음으로 집으로 돌아가는 사람들이라기엔 너무 황폐해버린 얼굴들을 서로 마주

보게 되는, 도심에서 막차의 시간이란 그런 것이다.

문득 그 소년-중년의 남자가 얼굴을 들어올렸다. 어디쯤 왔는지 가늠하려는 듯, 그는 빠르게 전광판을 살폈다. 그때 그의 얼굴이 환하게 빛나고 있어서, 나는 또 한 번 놀랐다. 마르고 창백한 얼굴에 어린 그 빛은 밤의 지하철에서 발견되기엔 뜻밖의 것이었고, 그 눈부심을 잠시 믿기 힘들었다. 게다가 그러는 동안 그는 오직 그 문제집에만 집중하고 있었다. 그처럼 신이 나서 공부하는 사람을 나는 이전에 본 적이 없는 것 같았다.

다시금 고개를 수그린 그를 좀더 찬찬히 보기 시작했다. 아무리 자세히 보아도 특별한 점은 보이지 않는다. 다만 검은 점퍼, 검은색 계열의 바지, 낡은 구두, 싸구려 서류 가방이 보일 뿐. 나도 모르게 보이는, 그 사람의 가난이 보일 뿐. 나는 내 눈이 조금 부끄러워졌다. 그의 외양에서 내가 볼 수 있는 것이 그저 '가난한' 남자라는 것, 그러니까 겨우 그런 것이 내가 누군가를 볼 때의 기준이라는 것이.

그 사이 숙였던 얼굴을 그는 다시 들어올렸고, 어디까지 왔는지 다시 살폈고, 그리고 다시 문제집에 몰두했다. 화살표를 그렸다. 동그라미를 그렸다. 밑줄을 그었다. 열중한 그의 동작, 그가 그린 화살표와 동그라미. 한동안 그 기호들을 잊지 못할 것 같다는 예감이 들었다. 화살표, 동그라미, 밑줄. 또다시 동그라미, 화살표, 밑줄. 그것이 무슨, 희망의 기호처럼 보여서.

그 학습서가 동영상 강의 교재였는지, 그는 책 위에 스마트폰을 놓고 동영상까지 보면서 공부 삼매경에 빠져 있었다. 그는 이쪽을 펼쳤다가 다시 다른 쪽을 펼쳤다. 마침내 그가 펼친 페이지에는 '국민주권주의와 민주주의'라고 적혀 있었다.

그는 적어도 40대 중후반의 나이다. 마른 얼굴에는 미세한 주름이 잡혔고, 머리는 거의 반백이다. 하지만 그의 눈빛은 확연히, 소년의 것이었다. 그의 뒤통수가 그런 것처럼, 그가 그린 화살표와 동그라미가 그런 것처럼. 그의 눈빛에는 희망이라고 부를 수밖에 없는, 다른 말로는 표현이 불가능한 무언가가 깃들어 있었다. 그의 얼굴에 어린 것은 기쁨이라고도, 즐거움이라고도 부르기 어렵지만, 사람의 얼굴을 몹시도 빛나게 하는 것이었다. 횃불처럼 얼굴에 드리워져 눈빛을 반짝반짝 빛나게 하는 것. 뭔가 아름다운 것, 뭔가 안타까운 것. 그리고 결국은, 슬픈 것.

희망이라는 말을 나는 언제부터인가 잘 믿지 않는다. 희망을 자주 말하는 사람을 믿지 않는다. 끝없이 반복되는 고통의 순환. 아무리 비싼 옷과 번쩍이는 차, 멋진 집이 있어도, 사람은 한 치도 그 반복에서 벗어날 수 없다고 생각한다. 이 세계는 절망의 구렁텅이 속에서 희망이라는 속임수에 걸려들어 발버둥을 치며 살아가는 이들로 가득하다. 영원히 이룰 수 없는 것, 가질 수 없는 것들을 향해 바위를 밀어올리는 사람들, 결코 정상에 올라가지 못하는 사람들. 만에 하나 정상에까지 바위를 밀어올린다고 해도, 그 바위가 즉시 굴러떨어질 것을 모르고 있는 사람들.

당연히, 이 세계에서 사람만이 무언가를 원하는 것은 아니다. 동물도, 벌레도, 무언가를 원한다. 모든 생명은 욕구와 욕망이라는 생명유지 장치를 갖고 있으니까. 그런데 왜 사람은 단지 욕망에서 그치지 않는가. 그리고 희망은, 욕망과는 다른 차원의 것인가? 사람만이 미래를 원하기 때문에? 사람만이 발전하기를 꿈꾸기 때문에? 잘 모르겠다. 그것이 단순히 '원하는' 것과 무엇이 다른지 나는 모르겠다. 차라리 뭔가를 원하고, 그 욕망에 진지하게 몰두하는 것이 더 낫다. 욕망을 채우지 못했을 때 바로 포기하는 것이 더 낫다. 희망이라는 것에 사로잡혀 끝없이 기다리는 것보다는, 그 기다림 끝에 도사린 절망과 끝끝내 맞닥뜨리는 것보다는, 문턱을 넘어서는 그림자처럼 헛된 행복을 끌고 다니는 것보다는.

"행복의 부름이 너무도 강렬할 때, 인간의 마음속에 슬픔이 고개를 쳐들게 마련이다. 그 슬픔은 바위의 승리요 바위 그 자체이다."[22] 행복의 부름, 그것이 강할수록 인간은 더 많이 슬퍼진다. 내 눈 앞에서 '국민주권주의와 민주주의'를 공부하고 있는 이 남자의 얼굴에 어린 그것. 그는 지금 행복의 부름을 받고 있는 것이다.

국민주권주의 : 국가의사를 결정할 수 있는 최종 권한인 주권이 국민에게 있다는 원리이다. 민주정치는 국민주권의 바탕 위에서 국민의 자유와 권리를 실현하는 데 목적이 있다.

대한민국 헌법은 제1조 "대한민국은 민주 공화국이다. 대한민국의 주권은 국민에게 있고, 모든 권력은 국민으로부터 나온다"라고 명시하여 국민주권주의에 입각해 있음을 분명히 밝히고 있다.

그가 밑줄을 긋고, 동그라미를 친 이 문장이 정말 그를 행복에 이르게 해줄까. 오히려 슬프게 하는 건 아닌가. 그가 저토록 열중해서 공부하는 것은, 어쩌면 '바위 그 자체인 슬픔'인 건 아닐까. 그것을 안고, 그 비탄의 한없는 무게를 견디며 올라가야만 하는 곳이 어디인가, 그런 곳이 있기는 한가?

그렇지만 '희망이 있는가, 과연 희망이라는 말이 성립되는가'라는 의심에서 모든 희망은 잉태된다. 바로 그 익사의 지점, 사라짐의 장소에서. 희망이 없다고 생각할 때, 모든 것을 잃어버렸다고 생각될 때, 인간의 꿈에 나타나는 것은 절망이 아닌 또 다른 희망이기 때문이다. 사실 인간은 이렇게 역설적인 방식으로만 희망을 얻을 수 있다.

존 버거는 "상실 바로 그 감각으로부터 희망은 유지"된다고 말했다.[23] 결국 언제나 보이지 않는 것을 우리는 희망하며, 설사 그것이 속임수이고 그 끝에 절망이 도사렸다고 해도, 무언가를 희망하는 것은 그 자체로 이미 하나의 희망이기 때문이다.

개는 원한다. 음식을 원하고, 물을 원하고, 주인의 애정을 원한다. 개는 주인과의 산책이 행복하다. 주인이 쓰다듬어주는 순간이 기쁘다. 원하는 것을 받지 못했을 때는 개 역시 불행하다. 학대당하거나 버림받으면, 개 역시 슬픔에 빠진다.

그러나 개는 행복을 위해서 고통을 감내하지는 않는다.

그저 현재 상태에 순응하는 것이 개다. 그러나 사람은 자기의 현재에 머물러 있지 않으려고 한다. 사람은 행복을 꿈꾼다. 사람은 노력한다⋯⋯. 그 노력에 상응할 만한 보상이란 결코 주어지지 않는다는 것을 알면서도, 사람은 자기 운명을 개척하려고 한다. 고통을 감내하면서.

그는 지금 도표를 보고 있다. 삼각형은 세 부분으로 나뉘어져 있고, 위에서부터 상층, 중층, 하층이라고 차례로 적혀 있다.

전통사회, 후진국형.
사회갈등 요인 상존, 사회 불안정
/피라미드형 계층구조/

그는 그 부분에 크게 동그라미를 그려넣었다. 도표의 상층에서 중층, 하층으로 갈수록 삼각형에서 차지하는 부분은 많아진다. 내가 보는 방향에서 삼각형은 역삼각형이 되었지만, 인간 사회에 그런 거꾸로 된 계층구조 도표는 존재하지 않는다. 이 삼각형을 오르는 것이 가능한가, 그건 결국 우리에게 희망이 가능하냐는 물음으로 되돌아온다. 내가 그의 표정이 밝은 것에 놀란 것은, 그 가능함과 불가능함 사이의 간극이 분명하기 때문이었다.

그런데도 어째서 그는 저토록 열심히, 지하철 안의 그 누구보다 행복한 얼굴로 미래를 준비하고 있는 걸까. 그의 행복은 어떻게 저토록 분명할 수 있는가. 그 분명한 부조리 앞에서 나는 자꾸만 질문을 던졌다. 도대체 누구에게 던져야 할지 알 수 없는 질문들이었다. 그러니까 우리는 왜 어딘가로 올라가야만 하며, 올라간 곳에는 정말로 슬픔이 존재하지 않는 것인가.

✳

"시지프의 말 없는 기쁨은 송두리째 여기에 있다. 그의 운명은 그의 것이다. 그의 바위는 그의 것이다.……그림자 없는 햇빛이란 없기에 밤을 겪어 체험하지 않으면 안 된다." 알베르 카뮈는 말한다. "부조리한 인간의 대답"은 "긍정"이라고.[24]

사실 희망은 가질 수 없는 것이다. 희망을 가지려고 한다면, 우리는 그것을 잃는다. 단지 우리는 "그것을 지켜"주는 것일 뿐이다.[25] 그럼에도, 인간은 희망하는 동물이라는 것을, 그 슬픈 사실을 잊을 수는 없다. 어떤 경우에도 뭔가를 희망하려 하는 것이 인간이니까. 우리가 기대할 수 있는 유일하고 정확한 미래는 결국 죽음뿐인데도, 우리는 죽지 않는다고 믿으려 한다. 이 생을 믿고, 다음 생까지도 믿는다.

그건 분명 착각일 것이다. 그리고 그 착각에서 희망이라는 고통스러운 바위는 생겨나고 만다. 행복해질 거라는 희망, 부유해질 거라는 희망, 외롭지 않게 될 것이라는 희망. 수없이 우리를 속이는 그것. 가장 인간적인 것, 가장 부조리한 것, 그래서 슬픔인 것.

"산정山頂을 향한 투쟁 그 자체가 인간의 마음을 가득 채우기에 충분하다. 행복한 시지프를 마음속에 그려보지 않으면 안 된다." [26]

우리는 결국 희망이라는 투쟁으로 인해 행복한 것이다. 슬픔으로 인해 이 생은 빛나는 것이다. 우리의 마음을 채우는 것은, 한 남자의 얼굴을 저토록 환히 빛나게 하는 그것은, 미래에 도래할 어느 날의 행복이 아니라 그저 정상을 향해 올라가는 그 무겁고 고통스러운 발걸음 하나하나인 것이다. 그것이 인간의 운명이다. 포기하지 못하는 가엾은 인간, 그러나 빛나는 인간 말이다.

그의 초라한 모습과 그 초라한 희망을 본 밤에, 나는 슬펐다. 우리가 이렇게 애틋하게 살아간다는 게 슬펐다. 슬프지만, 슬펐기 때문에, 나는 결국 희망을 갖고 만다. 슬픔을 목도하는 늦은 밤의 지하철 안에서, 한 사람이 희망을 지키기 위해 끊임 없이 그리는 그 기호들을 보면서, 나 역시 희망을 지켜주고 싶 어진다. 어디로 가는지 알 수 없지만 한 발 한 발 내딛는, 그 걸 음이 바로 희망이라는 것을 말하고 싶어진다.

"넘어지고 또 넘어지면서도, 나는 더이상 침묵할 수가 없 다"고 제오르제 바코비아는 쓴다.[27] 슬퍼하고 또 슬퍼하면서 도, 나는 눈물을 멈추려고 하지 않는다. 슬픔이 내 행복이라는 걸 알고 있기 때문이다.

가끔 생각할 것이다. 아마도 희망이라는 슬픈 바위가 무 거울 때마다 떠올리게 될지도 모르겠다. 어느 밤의 마지막 열 차에서 빛나던 얼굴, 검은 옷을 입고 희망에 취한, 한 소년의 얼굴을.

푸른
심연

　결국 겨울이 왔다. 차가운 바람과 대기, 그리고 메마른 나뭇가지들이 희고 가벼운 눈을 맞고 있다. 나는 추위가 싫다. 겨울에는 잘 움직이지 않고, 종종 마음까지 얼어붙는다. 겨울이 오면 사람들은 여름을 그리워한다. 따스함을 원하는 사람들은, 여름에 에어컨을 틀어 놓은 차가운 실내에서 얼음을 깨물어 먹던 날들을 그리워하는 건 아닐 것이다. 그들은 여름 한낮의 뜨거운 태양과 습한 공기를 그리워하는 것이다. 하지만 그들은 그저 지금과는 다른 것을 원하는 것일 뿐이다.

　나는 때로 행복이란 그런 것일지도 모른다고 생각한다. 그건 단지 지금의 나와는 다른 나를 원하는 것, 언제나 그렇기 때문에 행복을 꿈꿀 수 있을 뿐 잡을 수는 없는 거라는 생각을 한다.

이 겨울의 침묵 앞에서 여름의 푸른 잎을 문득 기억한다. 그것들은 모두 어디로 갔을까. 온통 세상을 푸르게 물들였던, 그 생생하던 초록색들은 모두, 무엇을 찾아 어느 장소를 향해 갔을까. 어쩌면 그것들은 아무것도 원하지 않는지도 모른다. 단지 계절의 변화에 몸을 맡기고, 존재하다가 이윽고 사라지는 것. 어떤 장소로도 향하지 않는 것. 자연이란 그런 것인지도 모른다.

존재는 무엇을 위한 것일까? 봄에 존재하던 푸른 나뭇잎은 겨울의 메마른 나무 사이로 사라진다. 그리고 우리의 육신은 언젠가 흙으로 변할 것이다. 모든 것은 시간 속에서 존재하다가 단지 사라지게 된다. 사람이 삶에서 무언가를 애타게 원하고, 무엇이 되거나 어딘가로 간다고 해도 그 사실은 변하지 않는다. 우리가 존재하고, 그 존재가 언젠가 사라진다는 것.

✻

이 겨울에, 나는 2호선 지하철에 앉아 홍대역을 지나고 있다. 나는 '어딘가'로 가고 있다. 내가 원하는 게 무엇인지 정확히 알 수는 없지만, 어쨌거나 지금 나는 이동하고 있다. 그리고 내 옆에 앉은 한 젊은 여자가 어떤 책을 읽는 것을 본다. 몸집이 자그마하고 차림새가 수수한 그녀가 읽는 책은 밀란 쿤데라의 『참을 수 없는 존재의 가벼움』이다.

한때 인간은 그의 가슴 깊은 곳으로부터 울려퍼지는 규칙적인 박동 소리를 듣고 놀라 기겁을 하고 이것이 무엇일까 궁금해한 적이 있었다. 인간은 육체처럼 낯설고 잘 알려지지 않은 사물이 자신과 일체를 이룬다고 생각할 수 없었다. 육체는 껍데기이고, 그 안에서 뭔가가 보고, 듣고, 두려워하고, 생각하고, 놀라는 것이다. 이 무엇, 남아 있는 잔금, 육체로부터 추론된 것, 이것이 영혼이다. 그때 그녀의 영혼은 선실에서 기어나와 갑판 위에서 하늘을 향해 손을 흔들고 노래를 부르는 뱃사람처럼 육체의 표면으로 솟아올랐다.

내 옆에 앉아 『참을 수 없는 존재의 가벼움』을 읽는 여자로 인해 나는 문득 '영혼'에 대해 생각한다. 사실, 이 책에 나오는 테레사에 대해 나는 약간의 동질감을 갖고 있다. 그것은 어느 날 그녀의 육체의 갑판과 영혼에 대한 밀란 쿤데라의 말을 읽은 후, 내가 나 자신의 육체와 영혼에 대해서 생각했던 이래 계속해서 갖고 있던 감정이다. 나는 내 영혼이 무엇인지, 그것이 어떻게 해서 껍데기인 내 육체에서 바깥으로, 선실에서 갑판으로 나올 수 있는지 언제나 궁금하다. 지하철에 앉아 있거나 서 있는 사람들의 얼굴을 본다. 저들의 지친 육체 속에는 어떤 영혼이 들어 있을까?

우리의 영혼은 육신이라는 껍질 안에서 몸부림친다. 테레사의 영혼. 지하철에서 그녀에 대한 이야기를 읽는 사람의 영혼. 또는 지하철 안에 잠시 존재하다 사라지는 사람들의 영혼, 그것들은 결국 어떤 장소로 가는 걸까? 육체의 갑판 위로 올라오기를 애타게 원하던 영혼은 존재라는 공허에 갇혀 있다가 또 다른 공허를 향해 간다. 가는 것, 어쩌면 우리는 어딘가로 가기 위해 갑판에서 손을 흔드는 것인지도 모른다. 그 욕망, 선실에서 나와 어딘가로 향하기를 원하는, 우리의 욕망은 우리를 어디로 데려가는가?

이윽고 합정역에 도착해서 나는 책을 읽는 여자를 한 번 더 바라보고 나서 지하철에서 내린다. 아마도 책을 읽을 때, 또는 사랑하는 사람 앞에서 우리는 자신의 숨겨진 영혼을 더 잘 볼 수 있을 것이다. 나는 지하철에서 밀란 쿤데라의 책을 읽는 여자의 얼굴, 그녀의 작고 수수하며, 별로 특별하지 않은 육체의 갑판에서 손을 흔들거나 노래를 부르는 그녀의 영혼을 본 것만 같다. 그것은 존재의 의미를 알고자 하는 하나의 특별한 영혼이다.

약속 장소를 향해가면서 문득 추위를 느낀다. 춥다는 감각은 내 육체의 존재를 일깨우는 것 같다. 춥지 않기 위해서 나는 여러 벌의 옷을 껴입고 있다. 내 육체를 잊기 위해서, 존재의 고통을 느끼고 싶지 않아서.

존재한다는 것, 그것은 일종의 고통의 감각이다. 그래서 가끔 나는 내 존재를 잊기를 갈망한다. 존재가 일깨우는 슬픔은 대개 감당하기 어렵고, 그것은 내 존재를 느끼는 감각과 관련이 있다. 어느 순간, 추위에 곱은 손가락에서, 누군가를 그리워하거나 어떤 상처로 인해 괴로워할 때. 사랑을 느낄 때 이별에 대해 갑자기 깨닫는 것처럼, 우리는 고통을 통해서 우리의 존재를 느낀다. 그 감각은 너무 무겁기 때문에 나는 오히려 슬픔이나 아픔 같은 것으로 그 무게를 바꾸려고 할 때가 많다.

어떻게 보면 인생의 슬픔이나 아픔은 우리의 존재를 일깨우는 것이면서도, 존재를 잊기 위해 우리 스스로 마련한 피신처인지도 모르겠다. 내가 언제나 나라는 존재를 각성하고 있다면 그 얼마나 힘들 것인가. 때로 우리는 그 무게를 잊기 위해 슬픔에 가득 차기도 하고 아픈 사랑에 투신하기도 하는 것인지도 모른다. 결국 고통이란 것이 나를 일깨우는 동시에 나를 잊게 하기 때문일 것이다.

그러나 내 존재가 없는 곳이란 존재하지 않는다. 영화〈인터스텔라)에서 블랙홀 속에 갇혀, 시간을 뛰어넘은 자기 자신에게 애타게 신호를 보내는 주인공처럼. 우리는 세상의 어느 곳으로 간다 해도 나를 잊을 수 없다. 그리고 어느 장소로 간다 해도 내가 나를 잊지 못한다는 사실, 그 막다른 곳에는 언제나 막막한 심연이 있다. 내 존재라는 심연 말이다. 그리고 우리 존재에겐 너무도 실제적인 삶이 있다. 삶 역시 실제적 심연이다. 몹시 무겁고도 한없이 가벼운 심연.

인간의 삶이란 오직 한 번만 있는 것이며, 모든 상황에서 우리는 딱 한 번만 결정을 내릴 수 있기 때문에 과연 어떤 것이 좋은 결정이고 어떤 것이 나쁜 결정인지 결코 확인할 수 없을 것이다. 여러 가지 결정을 비교할 수 있도록 두 번째, 세 번째, 혹은 네 번째 인생이 우리에게 주어지진 않는다.

이 책 속의 인물들, 테레사와 토마스, 사비나와 프란츠 역시 단 한 번뿐인 삶 속에서 무겁고도 가벼운 자신의 존재와 싸우며 심연을 향해 간다. 제각기의 욕망에 이끌리며, 각자 자신만의 결정을 내리며, 벽을 바라보듯 막막한 그 심연 속에서 어딘가를 향해 간다.

나 역시, 내 삶이 단 한 번뿐이라는 것을 알고 있다. 그러나 그 무겁고도 가벼운 사실에 대해, 내 존재의 심연에 대해 나는 자주 잊으며 그저 살아간다. 우리가 우리의 삶을 산다는 것, 그것은 아마도 각자에게 주어진 육체와 영혼만큼이나 특별한 것일 것이다. 우리는 모두 같으면서도 다른 곳을 향해가는 것이다. 손을 흔들며, 노래를 부르는 뱃사람처럼, 우리의 영혼은 육체의 갑판 위에서 끊임없이 심연 속으로 솟구친다.

이 삶이 어느 날 갑자기 끝난다면 거기에는 무엇이 있을까? 우리는 그것에 대해 아무것도 알지 못한다. 우리의 존재가 사라진다면, 아픔이나 슬픔마저 사라질 것인가? 거기엔 영원한 침묵만이 존재하는 것일까? 겨울이 되어 자취를 감춰버린 초록빛처럼, 묵묵히 침묵하는 겨울의 나뭇가지처럼?

그러나 언젠가 침묵으로 변한다 해도, 모든 것이 사라진다고 해도 우리가 한때 무언가를 원하고, 슬퍼했으며, 우리를 기다리는 죽음 앞에서 그것을 부정하기 위해 무언가를 했다는 사실은 변하지 않는다. 그 변치 않음, 그것이 어쩌면 우리 존재의 의미일 것이다.

그런데 인생의 첫 번째 리허설이 인생 그 자체라면 인생이란 과연 무슨 의미가 있을까? 그렇기에 삶은 항상 초벌그림 같은 것이다. 그런데 〈초벌그림〉이란 용어도 정확지 않은 것이, 초벌그림은 항상 무엇인가에 대한 밑그림, 한 작품의 준비 작업인데 비해, 우리 인생이란 초벌그림은 완성작 없는 밑그림, 무용한 초벌그림이다.

어쩌면 우리의 인생이, 소용없는 초벌그림처럼 아무 의미가 없기 때문에 그것의 고유한 의미를 획득하는지도 모른다고, 겨울의 꽁꽁 얼어붙은 거리에서 나는 생각한다. 잠시 내 옆에 앉아 책을 읽던 여자와의 스쳐감이나, 지하철에서 마주치는 모든 사람의 얼굴이 그렇듯, 모든 것은 결국 사라지는 것이기에 그 순간의 존재는 더욱 중요해지는 것이니까.

그러니까, 세상의 모든 캄캄한 심연 속으로 사라진 것들은 우리 자신의 그림자에서 요동치며 살아 있는 것이다. 단 한 번뿐인 모든 특별한 삶에게 무한한 경의를 표하고 싶다. 모든 세상의 초벌그림에게, 참을 수 없이 가벼운 모든 존재에게.

모든 길은 어딘가에서 끝나지만 그 길이 존재한다는 사실은 끝나지 않는다. 그래서 존재들은 모두 푸른 것이다. 심연 속에서, 푸른 그 심연 속에서 점차 사라지면서도 사라지지 않으며. 메마른 나뭇가지 사이, 겨울의 침묵 사이로, 사라지는 초벌 그림처럼 봄에 피어나는 푸르고 연한 나뭇잎들의 소리가 들려온다.

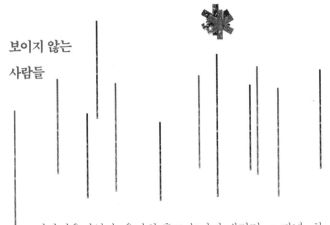

보이지 않는
사람들

　지난겨울이었다. 유난히 춥고 눈까지 내리던 그 저녁, 친구들과의 모임에 나가던 길이었다. 한 친구의 새 소설집 출간을 축하하는 자리였다고 기억한다. 그날의 눈은 어쩐지 스산해서, 죽은 사람들의 이름이 소리 없이 내리고 있는 것 같았다.

　4호선 수유역 승강장에서 지하철을 기다리며 서 있는데, 갑자기 한 낯선 여자가 다가왔다. 거지나 노숙자로 보이는 걸 겨우 면한 초췌한 얼굴에 키가 유난히 작은 그녀는, 버스 차비가 없다며 내게 2,000원만 달라고 했다. 불안과 수치가 뒤섞인 표정과 어색한 말투였다.

　마침 내 지갑 안에는 1,000원짜리 두 장이 들어 있었고, 나는 그것을 그녀에게 건네주었다. 그녀는 몹시 고마워하며 그 돈을 받더니 곧 어딘가로 사라져버렸다. 잠깐 사이에 일어난 일이었다. 지하철에서 구걸하는 것을 한두 번 목격한 것도 아니고, 조직적인 구걸 행위로 돈을 버는 사람들이 있다는 것도 알고 있지만, 그때 그녀가 2,000원을 받고 지은 표정은 어쩐지 그녀를 잊지 못하게 만드는 것이었다.

이후로 나는 한동안 그녀에 대해 생각했고, 그녀에 대해서 시를 써보려고까지 했다. 그녀의 얼굴, 2,000원을 받고서 내게 지어 보인 그 표정에 대해 쓰고 싶었다. 그녀에게 뭔가 알 수 없는 감정을 느꼈던 것 같다. 아직까지도 완성하지 못한 그 시의 제목은 「서울의 밤」이다.

만약에 당신이 세상에서 가장 지친 얼굴들을 보고 싶다면, 출퇴근 시간의 서울 지하철로 가면 된다. 아침의 사람들은 새로운 피로의 예감으로 하루를 시작하고, 저녁의 사람들은 하루치의 피로를 안고 멀고 먼 집으로 향하는 곳. 자리에 앉지 못한 사람들은 직립을 후회하는 사람처럼 간신히 삶의 무게를 견디며 서 있는 곳. 특히 밤의 지하철, 그것은 서울이라는 이 도시의 숨겨놓은 뒷모습이다. 인간으로 붐비는 밤의 지하철을 타 보지 않은 사람은 이 도시의 삶에 대해 모른다.

지하철을 지옥철이라고 부르고 싶을 때가 있다. 말 그대로 아비규환. 인간의 몸이 치욕스럽고 증오스러울 때, 러시아워의 지하철. 이 도시에는 왜 이렇게 사람이 많은지, 사람이라는 종은 왜 이렇게 점점 늘어나는지, 왜 어디를 가나 사람으로 가득하고 때로 사람이 사람으로 보이지 않는지.

우리가 모두 어딘가로 가야 할 때, 어쩔 수 없이 서로에게 밀착되어 서로의 얼굴을 몇 센티미터 간격으로 묵묵히 마주보고 서 있어야만 할 때, 우리는 서로를 말없이, 그러나 격렬하게 미워한다. 이 도시에 함께 거주하고, 같이 이동하고 있는 우리는.

✳

한 사람이 책을 들고 앉아 있는 것을 보았다. 앉아 있으니 서 있는 사람보다는 낫겠지만, 결코 독서에 쾌적한 환경은 아닌 시간과 장소다. 뿔테 안경, 잘 다듬은 머리 스타일, 창백하고 쌀쌀맞아 보이는 표정과 옷차림. 그가 읽는 책은 지그문트 바우만의 『쓰레기가 되는 삶들』이었다. 냉철하고 이지적으로 보이는 사람이었다. 어느 모로 보나 쓰레기나 잉여로는 보이지 않았다. 당연하지만, 쓰레기를 좋아하지도 않을 것 같아 보였다. 한동안 여기저기를 펼치던 그는 책 읽는 일이 지루했는지, 혹은 뭔가 기분 나쁜 일이 떠올랐는지 짜증이 난다는 얼굴로 책을 탁 덮었다.

'쓰레기가 되는 삶들'이라는 제목에서 순간 떠오르는 이미지는, 어딘가에 도사리고 있다가 번개처럼 나타나 폐지를 수거해가는 우리 동네의 세 모녀다. 엄마와 두 딸, 그들은 검고 지저분하고, 매우 부지런하며, 못난이 인형처럼 서로 닮았다. 가능하면 피하고 싶고 말을 나누거나 교류하고 싶지도 않지만, 그녀들과 나는 같은 동네에 산다. 더러운 강아지를 안고 저녁 산책을 나섰거나, 폐지 모으는 일에 열심인 그녀들을 일주일에도 두세 번씩은 마주치게 된다. 그녀들은 골목을 장악한 정복자들이기도 해서, 대부분이 노인인 이 동네의 폐지 수거인들은 젊고 건강한 그녀들의 수완을 따라가지 못한다.

한 가정에서 하루에 생산해내는 재활용품과 쓰레기는 엄청나다. 이틀만 바깥으로 배출하지 않아도 플라스틱, 비닐과 병, 박스나 폐지들로 집 안은 엉망이 되고 만다. 그러니 때로는 그녀들이 고마운 존재가 되는 것이 사실이다. 특히 박스들은 그녀들이 가장 노리는 물건이다. 뭔가 새로운 것을 구비하고 나면 말 그대로 그것의 껍데기로서 제거되어야 하는 것, 쓰레기라고 부르기엔 새 것이고, 그렇다고 특별히 쓸모가 있지도 않아서 결국 밖에 내놓아야 하는 것. 누군가 치워주지 않고 내놓을 장소도 없다면 곧 발 디딜 틈도 없이 쌓이게 될 두려운 부산물 더미, '박스들'.

그것이 그녀들에게는 사냥감이 된다. 그녀들은 그 박스들을 갖기 위해 경쟁자들을 끊임없이 감시하며, 먼저 채가고, 자리를 선점하고, 싸우고, 쟁취한다. 실제로 나는 그녀들이 박스 더미를 놓고 다투는 장면을 여러 번 보았다. 박스, 그것이 그녀들의 문화이고 성취이며 때로는 예술이 되는 것이다.

그렇게 일주일간 모은 폐기물들을 그녀들은 주말마다 요란한 소리를 내고 냄새를 피우며 정리하는데, 그것이 그녀들의 삶의 수단이고 방식이라는 것을 알면서도 그 장면은 이유 모를 두려움을 느끼게 한다. 그것은 나뿐 아니라 동네 사람들이 공통적으로 느끼는 감정이다. 사람들은 그녀들을 보고도 못 본 체하고, 알고도 모른 체한다.

그녀들은 일상의 골치 아픈 쓰레기를 제거해주는 존재이지만, 아무도 그녀들에게 고맙다고 하지 않는다. 그녀들은 '우리'가 아니며, 외부에서 살아가는 존재이기 때문이다. 그녀들을 인정한다면 우리는 우리의 쓰레기에 대한 무능력을 인정해야 하고, 그것은 곧 그녀들에게서 우리가 애써 무시하려고 하는 '필요'를 인정한다는 뜻이기 때문이다.

그들은 언제나 너무 많다. '그들'이란 적으면 적을수록, 더 낫게는 아예 없어야 좋을 사람들이다. 반면 우리가 충분한 적은 결코 없다. '우리'는 많으면 많을수록 좋은 사람들이다.

이것이 『쓰레기가 되는 삶들』에서 지그문트 바우만이 내린 '우리'와 '그들'에 대한 정의다. 이 구분법은 너무도 명확하고 분명하게 폐부를 찌른다. 우리와 그들 사이의 보이지 않는 벽이 떠오르고, 우리가 늘 보고 있으면서도 결코 보인다고 생각하지 않던 그들의 모습이 떠오른다. 보이는데도 보이지 않는 사람들. 지그문트 바우만은 책의 첫머리를 이탈로 칼비노의 『보이지 않는 도시들』에 나오는 한 도시에 대한 소개로 시작한다.

도시는 매일 새로워지면서 단 하나의 결정적인 형태로 스스로를 완전히 보존해나갑니다. 바로 그저께의, 그리고 매달, 매년, 십 년 전의 쓰레기들 위에 쌓이는 어제의 쓰레기 더미 형태로 말입니다.

이 도시의 이름은 레오니아Leonia다. 그들은 '새 가운을 입고 최신형 냉장고에서 아직 뚜껑을 따지 않은 캔을 꺼내며 최신 모델의 라디오에서 흘러나오는 최근 소식'을 듣는 사람들이다. 늘 새로운 것으로 가득한 레오니아에 쌓이는 쓰레기 더미를 레오니아인들은 보고도 보지 않았다고 생각하며 살아간다. 사실 레오니아는 지금 이 도시의 모습과 똑같다. 오늘의 새로운 것은 어제의 쓰레기 더미가 되고, 그것들이 쌓여서 언젠가 우리를 위협하게 되는 것이다. 여기서 정말 문제가 되는 것은 보이는 쓰레기가 아니다. 우리가 매일 보면서도 존재를 인정하지 않는, 보이지 않는 쓰레기 더미들이다.

그리고 지하철, 다름 아닌 이곳이야말로 그들, 쓰레기들의 장소다. 우리가 아닌 그들, 언제나 너무 많은 그들. 지하철의 노숙자들, 아무데서나 술에 취해 잠자는 사람들, 행려병자들, 구걸하는 사람들은 언제나 너무 많다.

어느 날 지하철에서 목격한 한 행려병자를 기억한다. 그는 찢어지고 낡은 옷을 입었다. 더러운 몸에서는 악취를 풍겼고, 엉덩이에는 오물이 묻어 있는 채로 가슴에 두꺼운 책들을 가득 안고 있었다. 신발은 다 닳아서 뒤축이 아예 없고, 양말까지 다 닳아버려서 드러난 뒤꿈치는 까맣게 짓물러 피가 나고 있었다.

그러나 그때 사람들이 모두 그를 바라본 것은 그의 행색보다는 표정 때문이었는데, 한아름의 책들을 소중하게 품에 안고 걸어가는 그 표정이 너무도 자랑스럽고 당당했던 것이다. 그가 누구인지, 어쩌다 저 책들을 공부해 변호사나 판사가 되지 못하고, 뭔가 다른 자신의 길과 행복을 찾지 못했으며, 어쩌다 저렇게 도시를 떠도는 '유령'이 되었는지 나는 알지 못했다.

그렇지만 한편으로 나는 그를 알 것 같았고, 전혀 모르는 그가 알던 사람 같았고, 어쩌면 그는 내 일부인 것도 같았다. 그의 닳고 피가 흐르는 발뒤꿈치는 내 몸인 것도 같았다. 그때 나는 직면하고 싶지 않은 뭔가 추한 것, 그러나 분명 나를 닮은 것을 그에게서 보았다. 분명히 있는데도, 우리가 절대로 인정하지 않는 그들, 그 유령 같은 사람들.

모든 것은, 태어난 것이든 만들어진 것이든, 인간이든 아니든, 유한하며 없어져도 상관없는 존재이다. 유동적 현대 세계의 거주민들과 그들의 노고와 창조물들 위에 유령이 떠돌고 있다. 잉여라는 유령이.

유동적 현대(성)는 과잉, 잉여, 쓰레기, 그리고 쓰레기 처리의 문명이다.

추하다는 것은 쓰레기 처리장으로 갈 운명이라는 것을 의미한다. 역으로, 쓰레기통에 버려진다는 것은 추함을 증명하는 증거로 충분하다.

그 오물, 더러운 머리카락, 피와 진물, 그것은 인간의 오물, 인간의 머리카락, 인간의 피와 진물이다. 그것들은 가장 인간적인 것, 인간이 결코 벗어날 수 없는 것들이다. 그리고 그 모습, 우리가 보지 않고 외면하고, 존재하는데도 존재한다고 생각하지 않는 그 모습은 우리의 그림자다.

그들은 우리가 매일 배설하는 더럽고 추한 오물, 삶의 필연적인 악취이고 뒷모습이다. 새 옷과 새 구두를 사서 감추려 하지만, 그래서 우리가 아름다워졌다고 믿으려 하지만, 그 소비 행위에 포함되어 있는 것은 우리 자신의 추한 욕망이고, 우리가 무시하고 경멸하는 그 '폐지 수거인'들이 없다면 언젠가 우리 위로 무너져내리고 말 박스들인 것이다.

우리는 그들을 미워한다. 왜냐하면 그들이 우리 눈앞에서 겪고 있는 상황은 곧 맞이할 우리 자신의 운명을 시연하는 것처럼 느껴지기 때문이다.

사람으로 가득 찬 지하철은 어떤 비극적인 운명을 떠올리게 한다. 언젠가 우리는 이런 식으로 겹쳐진 채 버려지는 것이 아닐까. 이렇게 좁은 공간에 갇힌 채로 서로 아웅다웅 미워하고 증오하는 것이 바로 이 문명과 인류의 숙명이 아닐까? 결국 우리 자신은 쓰레기 더미인 게 아닐까? 쓰레기인 우리, 소비되고 남은 껍데기, 다름 아닌 '박스'인 우리.

＊

　나는 세 모녀를 싫어한다. 그녀들이 우리 집의 박스를 가져가는 것은 어쩐지 나 자신을 가져가는 것처럼 느껴진다. 내가 나의 일부를 기꺼이 그녀들에게 내어주는 것 같다. 불확실하고 두려운 쓰레기 더미의 위협을 처리하고 제거해주는 것이 다름 아닌 그녀들이라니.
　나는 지하철에서 『쓰레기가 되는 삶들』을 읽다가 덮어버린 그 사람이 싫거나 두렵지는 않다. 그 역시 언제 자신이 그 일부가 될지 모르는 쓰레기들을 두려워하고 있을 '우리'이기 때문이다. 나는 실은, 언젠가 나에게서 2,000원을 받아가며 몹시 고마워하던 그녀가 두렵다. 유령처럼 도시를 떠돌아다니는 그들이 두렵다. 그 떠돎의 일부는 결국 나와 연결되어 있기 때문이다. 결국 우리도 떠돌지 않을 수 없고, 버려지지 않을 수 없고, 언젠가 우리는 그들이 되지 않을 수 없기 때문이다.
　그때 그녀는 갈 곳이 있었을까. 수유역에서 2,000원으로 갈 수 있는 곳은 어디였을까. 갔다면, 그곳이 그녀의 집이었을까. 그녀의 집은 어디였을까. 나는 그녀가 떠돌고 있다고 느꼈고, 그 떠돌아다니는 삶은 절대로 낯선 것이 아니었다. 나는 2,000원을 갖고 있었지만, 나는 집이 있었지만, 그러나 이 도시에서 떠돌아다니는 삶에 대해 완전히 안전하거나 무관한 사람은 없으니까. 눈 내리던 그 저녁을 생각한다. 소리 없이 쌓여가던 죽은 이들의 하얀 이름들을 배경으로, 검은 옷을 입고 다가왔던 그녀. 그 부르튼 입술과 창백한 얼굴.

2,000원은 그녀에게 구원이 될 수 없었다. 그녀는 그것으로는 유령 같은 삶을 면할 수 없었을 것이다. 2,000원으로는, 아니 사실은 그 무엇으로도, 나는 그들을 도울 수 없을 것이다. 그들은 우리의 껍데기, 우리가 삶을 영위하는 한편으로 끝없이 쌓이고 있는 세계의 부산물들이기 때문이다. 언젠가 우리에게 다시 돌아오거나 혹은 우리가 스스로 그것들이 되어가는지도 모르는.

당신의 바깥은
무엇일까?

혼잡한 퇴근 시간, 혜화역. 나는 4호선 지하철에서 사람들과 함께 쏟아져나온다. 어두운 색의 겨울 외투를 입은 사람들이 서로 부딪히며 앞다투어 계단을 오른다. 내 앞에서 계단을 올라가는 한 사람의 손에 책이 들려 있다. 그가 손가락을 끼우고 들고 가는 그 책이 뭔지 궁금해서, 나는 몇 계단을 뛰어 올라간다.

그는 40대 후반의 남자다. 머리는 덥수룩하고, 두터운 반코트를 걸치고 있다. 정신없는 표정으로 서두르며 개찰구를 나간 그가 다시 건너편 개찰구로 뛰어 들어가 버리는 것을 보고, 나는 그가 책을 읽다가 내릴 역을 지나쳤다는 것을 깨닫는다. 그 와중에도 그는 읽던 책에 끼운 손가락을 끝까지 빼지 않는다. 그가 반대 방향 열차를 타고서 곧 다시 펼칠 그 책은, 혜

르타 밀러의 『숨그네』다.

겨울이다. 겨울의 차가운 대기는 우리의 희고 뜨거운 입김을 보여준다. 우리가 숨을 쉬는 존재라는 자각, 대기가 존재한다는 실감. 그리고 '춥다'는 감각. 더위보다는 다급하고 조금 더 견디기 어려운 그것, 우리의 신체를 의식하게 하는 감각, 때로는 고통들. 극심하게 춥거나 더울 때, 피를 흘릴 때나 배가 고플 때, 정신이 아닌 몸이 우리를 지배한다. 결국 정신은 몸을 떠날 수 없다.

그러나 몸을 떠날 수 없으면서도 가끔은 몸을 떠나는 사람들이 있다. 나는 그들을 '신체를 가진 천사'라고 부른다. 나는 지하철에서 책을 읽는 사람들이 그런 천사-사람들이라고 생각한다. 그들은 지하철의 물성이 침범하지 못하는 사람들이다.

아마도 우리에게 슬픔이 있다면, 그것은 몸이 있기 때문일 것이다. 책을 읽는 일은 그런 슬픔을 잊기 위한 방편이다. 우리가 물질임을 잊기 위해서, 우리의 신체를 잠시라도 떠나기 위해서.

책을 읽다가 내릴 역을 지나치는 지하철의 남자와 여자를 본다. 우리는 사라질 수 없어서 사라지지만, 우리는 너무도 살아 있어서 죽게 되지만, 그 살아 있음—죽음이 결국 우리의 삶을 버티게 한다는 것을 나는 그런 사람-천사들을 통해서 느낀다.

일어나는 모든 일은 늘 단순한 것이다. 시간이 지나 단순한 것의 순서에도 법칙이 생기게 된다. 그것이 오 년 동안 계속되면 순서를 헤아릴 수도 없고, 주의를 기울이지도 않게 된다. 나중에 배고픈 천사에 대해 이야기를 하려면 이 모든 것을 빠뜨리지 않고 모두 말해야 하리라.

배고픈 천사가 나를 저울에 올릴 때 나는 그의 저울을 속일 것이다.

아껴둔 빵처럼 나는 가벼워지리라.

그리고 아껴둔 빵처럼 씹기 어려워지리라.

두고 봐, 나는 혼잣말을 중얼거린다. 간단한 계획이지만 오래 버틸 테니까.

『숨그네』에서 레오폴트는 우크라이나의 수용소에 보내져서 5년 동안 강제 노역 생활을 한다. 그는 그곳에서 '배고픈 천사'와 함께 극한의 추위와 노동을 경험한다.

이 소설의 이야기들은 생명, 숨, 신체, 시와 말을 생각하게 한다. 우리는 모두 숨그네를 탄 사람들이다. 때로 생명은 죽음이 가까울 때 자신의 존재를 강렬하게 증명하려고 한다. 추위 옆에서 온기가 힘을 발휘하듯, 행복은 고통 옆에서 더 큰 힘을 갖는다. 그래서 때로 고통과 절망은 행복으로 둔갑한다. 강제수용소에서 배고픈 천사와 함께 '뼈와 가죽의 시간'을 보내는 레오폴트는 그 배고픔 때문에 버틸 수 있다.

✳

어린 시절부터 나는 내 발만 보며 걷고는 했다. 친구가 말했다. '고개를 들고, 앞을 보면서 걸어야지.' 친구의 말이 생각날 때마다 고개를 들고 걸으려고 했지만, 그 습관은 잘 고쳐지지 않았다. 나는 고개를 숙이고 바닥을, 내 앞에 놓인 길과 그 길을 밟는 내 발만을 보며 걸었다. 그렇게 걸으면 내 발걸음 말고는 바닥의 돌멩이나 길가의 잡풀들이 보일 뿐이었다.

그런데 어느 날, 그러니까 시를 쓰기 시작하면서부터, 말을 만지기 시작하면서부터는, 나는 내 시선을 들어야 했다. 시를 쓰기 위해서는 길과 내 발만이 아닌, 이 세상을 보면서 걸어야 했다. 나는 눈을 들어서 나무와 집, 하늘, 타인을 보아야만 했다. 보는 것이 내 시 쓰기의 시작이었다.

그것은 시를 쓰면서 내게 일어난 '현상'이었다. 내가 그러려고 애쓰지 않아도, 타인들이, 사람들과 세상이 보이기 시작했다. 달리는 자동차가 보이고, 늘어서 있는 가로수가 보였으며, 나와 함께 길을 걷고 있는 다른 사람들이, 그들의 발걸음까지도 보였던 것이다.

"나는 보는 법을 배우고 있다.……모든 게 지금까지보다 더 내면 깊숙이 파고들어 과거에는 항상 끝났던 곳에 이제 머물러 있지 않는다. 옛날에는 알지 못했던 깊은 내면이 생겼다." [28] 라이너 마리아 릴케의 말처럼, 나는 사람들을 보게 된다. 보는 법을 배우는 것이다. 시를 쓰는 일도, 뭔가를 말하는 일도, 결국은 숨그네를 타는 일일 것이다. 그런데 나의 숨그네 속에서, 내가 살아가는 일 앞에서 타인을 '보는' 것은 그리 쉽지 않기 때문에 나는 그것을 배워야 한다.

사람들의 숨그네가 겨울의 혹한 속에서 흰 입김을 뿜듯이, 내 눈에 그들의 삶이 보인다. 써야 하기 때문에, 그리고 써야 하는 한 보지 않을 수 없다.

지하철에서 책을 읽는 사람들을 수없이 관찰하는 동안, 지하철에 타는 이 도시의 사람들이 어떤 표정을 하고 있는지, 그들이 어떤 책을 읽는지 보게 되었다. 그들을 보는 것은 언제나 좋았다. 그들이 아름답거나 행복해 보였기 때문이 아니다. 오히려 지하철 속의 사람들이 불행해 보였기 때문이고, 그들이 어딘가에 갇혀 있는 것처럼 보였기 때문이다.

살면서 자기 스스로 지었거나 혹은 누군가 보냈기 때문에 들어갔던 어떤 수용소에, 우리는 갇혀 있다. 우크라이나의 강제수용소에 보내지지 않았어도, 사람들은 각자의 수용소에서 배고픈 천사와 추위와 노동, 자신의 삶에 대항해 싸우고 있는 것이다. 그리고 우리에게는 수용소의 행복이 있다. 불행한 행복, 행복한 불행이 있다.

갑자기 병에 걸리거나 하지 않는다면 오늘은 어제와 같다. 하루하루가 거기서 거기이길 바란다. 구번 다음 오번이지, 이발사 오스발트 에니예터가 말했었다. 그의 방식대로라면 행복이란 조금 뒤죽박죽인 것이다. 너는 돌아올 거야, 하고 할머니가 말했으므로 나는 행복해야만 한다. 그 말 역시 아무에게도 하지 않는다, 모두 돌아가고 싶어하니까. 행복을 얻으려면 목표가 있어야 한다. 그 목표가 한낱 울타리 말뚝에 쌓인 눈일지라도.

내가 갇혀 있었던 수용소들을 생각한다. 또 내가 지금 갇혀 있는 수용소를 생각한다. 그리고 나와 언제나 함께 있는, 나의 배고픈 천사를 생각한다. 내 수용소는 둥글고 어두운 곳이다. 나는 그곳에서 아직도 나오지 않았다. 때로는 나오고 싶지 않다. 그곳의 어둠이 내 빛이 되기 때문이다. 그 어둠과 빛은 나만의 것이다. 그리고 나의 배고픈 천사는 언제나 나를 먹어치우고 있다. 내 슬픈 숨그네 속에서.

당신들이 갇혀 있는 수용소는 어떤 모양일지, 당신들의 배고픈 천사는 무엇을 먹기를 원하는지 나는 모르지만, 그러나 때로는 사람들의 얼굴을 보기만 해도 그들이 갇힌 수용소가 보이기도 한다. 그리고 각자가 그리고 있는 귀향에 대해서도.

우리는 언젠가 돌아갈 곳을 그리워하며 산다. 우리가 어딘가로 돌아가야만 할 것이라고 생각한다. 앞다투어 환승통로의 계단을 오르듯, 우리는 앞다투어 자신의 행복을 향해 간다. 그리고 우리는 그럴 때, 대개 자신의 발 앞만을 보면서 간다.

그러나 고개를 들고 앞을 보면서, 그렇게 갈 수는 없을까. 모두 돌아가고 싶어 하고 모두 행복하고 싶어 하는 이 수용소에서, 우리가 서로의 얼굴을 보면서 걸어갈 수는 없는 것일까. 서로의 숨그네를 밀어주면서.

지하철에서 당신이 들고 있는 책이 무엇인지 궁금해할 때, 그런 생각을 자주 했다. 내가 당신을 궁금해한다는 사실이 얼마나 좋은지를 나는 알았다. 당신이 든 책의 제목을 상상하고, 당신의 얼굴을 살피는 동안 지하철은 수용소의 바깥이 되었다. 그렇다, 결국 우리가 돌아가고 싶어 하는 곳은 우리의 '바깥'이다.

나는 하얀 돼지를 타고 하늘을 달려 집으로 간다. 상공에서 내려다보니 고향 땅이 쉽게 분간된다. 윤곽도 뚜렷하고 울타리까지 있다. 그러나 고향에서는 주인 잃은 트렁크가 나뒹굴고, 주인 잃은 양들이 풀을 뜯는다. 양의 목에 달린 솔방울에서 종소리가 울린다. 내가 말한다. 이건 트렁크가 있는 커다란 양 울타리거나, 양이 있는 기차역이야. 저기는 아무도 살지 않는데 나는 이제 어디로 가지.

레오폴트가 하얀 돼지를 타고 하늘을 달려 집으로 가는 꿈을 꾸듯 우리도 각자의 고향을 꿈꾸지만, 그 고향은 사실 존재하지 않는다. 그곳은 그저 "양이 있는 기차역"이거나 "커다란 양 울타리"일 뿐이다. 우리는 다만 우리의 바깥을 꿈꾸는 것이다. 우리의 바깥을 향해서, 우리 삶의 반대편을 향한 꿈을 위해서 우리는 우리의 배고픈 천사를 견디며 가는 것이다. 그 곳이 어떤 곳이든, '바깥'은 수용소 안에서 우리가 불행과 행복을 맛보며 우리의 시간을 견디게 하는 곳이다.

> 배는 빨리도 가라앉네
>
> 빠르든 늦든 누구에게나
>
> 때는 온다네
>
> 떠나세! 가세!
>
> 언젠가는 지나갈 일
>
> 언젠가는 바다가 우리를 데리러 오네
>
> 그리고 바다는 누구도
>
> 다시 데려오지 않네

나의 바깥은 나의 시다. 당신의 바깥은 무엇일까? 아마도 당신에게 당신만의 수용소가 있듯이, 당신에게는 당신만의 바깥도 있을 것이다.

겨울이 왔다. 우리는 흰 입김을 뿜으며 각자의 눈을 맞는다. 그리고 시선을 들어 서로를 볼 것이다. 우리는 서로의 숨그네를 볼 것이다. 그리고 서로 말을 나눌 것이다. 언젠가는 우리를 데리러 올 바다를 기다리며, 우리의 바깥, 그 귀향을 꿈꾸면서.

시간들이 지나간다. 차가운 밤에, 새벽에, 겨울의 추위와 눈, 또는 햇볕 아래서, 지하철은 우리 각자의 수용소를 싣고 달리고 있다. 이 도시라는 거대한 수용소의 지하에서, 우리의 모든 바깥을 함께 싣고서. 우리의 배고픈 천사와 숨그네를 싣고서. 빠르게 혹은 느리게, 우리의 시간과 말 속에서.

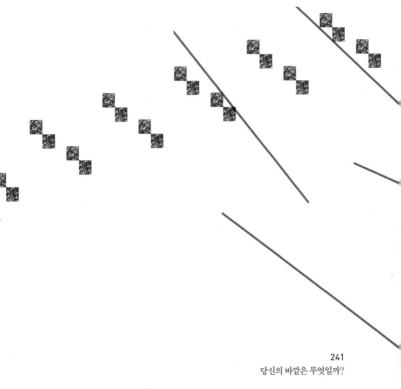

순간을
기다리다

한 해가 끝나간다. 겨울이라는 것을 깨우치려는 듯 날씨는 매섭게 춥고, 그 추위 속에서 사람들은 어디론가 가고 있다. 겨울은 슬픈 계절이다. 거리의 사람들은 이런 추위를 어떻게 견디나. 길고양이들은 어디에서 따스함을 찾을까. 오늘, 서울에는 다시 눈이 내렸고, 나는 3호선 지하철에서 내리기 위해 출입문 앞에 서 있었다. 열차가 안국역에 멈추는 그때, 책을 읽고 있는 한 남자를 보았다. 두터운 점퍼를 입고, 안경을 쓴 그가 읽는 책은 제임스 설터의 『어젯밤』이었다.

인간의 헛된 탐욕과 쓸쓸하기 그지없는 관계, 욕망 저편과 이편에서 표류하는 사람들의 얼굴을 날것으로 마주치게 만드는 제임스 설터의 소설은 내게는 읽기가 쉽지 않다. 그래서일까, 『어젯밤』을 읽는 남자의 표정 역시 좀 쓸쓸해 보인다고 나는 생각한다. 그와 나는 잠시 문 앞에 나란히 서 있다가 함께 지하철을 내렸다. 그의 손에 들린 책을 기억할 뿐, 그의 얼굴이나 그 어딘지 모르게 공허하면서도 굳은 표정은 곧 잊게 될 것이다.

그래도 그가 지하철에서 그 책을 읽었기 때문에 나는 그가 서서 책을 읽던 자세, 열차가 멈추자 덮은 책과 그 책의 제목을 보았다. 우리가 사람들과 맺는 관계들이 환상에 불과할지도 모른다고, 얼핏 생각한다. 헛되고, 탐욕스럽고, 편리하지만 어딘가에 검은 구멍이 뚫린 그런 관계. 스쳐 지나가는 사람들처럼, 나를 스쳐 지나갈 뿐인 그 관계들. 시간이 지나면 저절로 사라지는.

그러나 우리에게는 시간보다 강한 '순간들'이 있다. 누군가를 잠시 기억하게 되는 그 순간, 짧지만 영원과도 같은 힘을 지닌 순간들이 있다. 하염없이 흐르는 시간 속에서 그 순간들이 모여 만드는 막연하면서도 뚜렷한 어떤 울타리들. 나는 그런 울타리들을 통해 시간 너머의 세상을 보고, 이 삶을 견딘다. 사랑이나 우정을 느끼는 순간, 또는 그런 거창한 것들이 아니더라도 아주 잠깐 따스한 한순간, 말하자면 존재가 어떤 표정을 짓는 그런 순간들.

순간들은 그것이 지닌 의미로 인해서 내게 와닿는다. 더 말하자면, 지하철에서 마주치는 책 읽는 사람들의 얼굴 같은 것, 그들이 읽는 책의 제목을 알아보는 순간들 같은 것 말이다.

그는 오래된 모자이크 타일이 장식된 그 입구로 나왔다. 사람들은 계속 들어왔다. 밖은 아직도 밝았다. 저녁이 오기 전 투명한 빛이었다. 공원을 향해 난 천 개의 창문 위로 지는 해가 빛났다. 한때 노린이 그랬던 것처럼 하이힐을 신은 젊은 여자들이 혼자서 또는 어울려서 길을 걸었다. 그들과 언제 점심이라도 하긴 힘들 것이다. 그는 그의 인생 한가운데 거대한 방을 가득 채웠던 사랑을 생각했고, 다시는 그런 사람을 만날 수 없을 거라 생각했다. 왜 그랬는지 알 수 없지만, 길 위에서 그는 눈물을 터뜨리고 말았다.

시간은 끊이지 않고 흐른다. 우리는 가끔 반짝이는 사랑을 발견하거나 뭔가를 애타게 원하지만, 사랑이나 욕망은 우리를 시간에서 구원해주지 않는다. 그저 어떤 빛처럼 거기 있다가 이윽고 빛을 다하면 안개 속에서 점점 흐릿해질 뿐이다. 나는 그 빛 때문에 눈이 먼 사람들을 보고, 가끔은 나 역시 뭔가를 바라는 마음으로 인해 눈이 먼다.

그러나 이 생에서 영원히 빛나는 것이 있을까. 지는 해가 빛나듯이, 눈부시게 빛나는 것일수록 일찍 그 빛이 꺼지는 것은 아닐까. 그리고 어둠들이 존재한다. 사랑의 저편에는 이별이 있고, 행복의 뒷면에는 언제나 불행이 있다. 우리가 뭔가를 원한다면 우리는 사실 그것의 고통스러운 이면까지도 원하는 것이다.

※

나는 시를 쓰는 사람이 되기를 원했다. 그리고 지금도 그것을 원하고 있다. 그것은 내게 분명한 행복이다. 그러나 시를 쓰는 행복, 그것은 시를 쓰는 불행과도 같은 뜻이 된다. 나는 시를 쓰기 때문에 행복하지만 동시에 불행하기도 하다. 그 행복을 얻기 위해 나는 한편으로는 어떤 불행을 간직해야만 한다. 그것을 거부한다면 나는 시를 쓸 수 없기 때문이다. 행복과 함께 다가오는 저 틀림없는 불행, 사랑의 얼굴이 짓는 죽음의 표정을 본다.

그는 다른 말이 생각나지 않았다. 수잔나는 방으로 가서 옷을 챙긴 후 현관으로 나갔다. 그게 수잔나와 월터의 마지막이었다. 그의 아내에게 들킨 그 순간으로. 그가 우겨서 그 후에도 두세 번 만나긴 했지만 소용이 없었다. 그게 무엇이었든 두 사람 사이에 있던 건 사라지고 없었다. 그녀는 어쩔 수 없다고 했다. 그냥 그게 전부였다.

어린 시절, 대관령에 가서 구름의 실체를 보았던 기억이 난다. 멀리에서 대관령을 바라보았을 때 그곳은 구름에 가려져 있었다. 희고 부드러운 구름, 어린 나는 그 구름에 가까이 가서 그것을 직접 만져볼 수 있을 거라고 생각했다. 그러나 멀리서 보이던 대관령 고개에 막상 올라갔을 때 구름 같은 건 전혀 보이지 않았다. 다만 축축하고 차가운 안개만이 사방에 가득했다. 아무리 아름다운 것, 신비로운 것이라도 아주 가까이에서 보면 전혀 다른 것이 된다는 걸, 심지어 사라져버리기도 한다는 걸 그때 알게 되었다.

우리는 멀리서 반짝이는 빛을 보고 그 빛을 향해 걷는다. 우리는 보이는 것들을 믿는다. 그러나 믿음이라는 것은 얼마나 가볍고 허황된 것인가. 뭔가를 믿을 때, 우리는 그 믿음이 결국 깨질 것이라는 걸 함께 받아들여야만 한다. 그러지 않는다면 적어도 믿음이란 것에 그 이면이, 빛에는 어둠이 함께 있다는 걸 알아야만 한다. 그리고 세상의 무엇이라도 언젠가 사라진다는 걸, 아무리 단단한 벽도 언젠가 무너진다는 걸 알아야 한다. 무너지지 않는다면, 애초에 그것은 벽이 아닌 것이다.

그래서 나는 순간들을 생각한다. 어떤 행복한 순간, 어떤 고통스러운 순간들을. 틀림없는 것은 그 순간이 결국 지나가 버린다는 것뿐이지만, 그러나 순간이 존재했다는 사실만은 지나가지 않는다. 수많은 안개의 입자가 구름을 만들듯이, 그 순간들은 우리의 생을 이루는 것이다. 비록 그것이 순간과 순간에 불과할지라도, 멀리서 그것은 어떤 색을 발하며 아름다워질 것이다. 어떠한 형상을 이룰 것이다. 우리의 생이라는 불확실하면서도 섬광과 같은 그 형상은, 바로 아무런 의미 없는 그런 순간들로 이루어지는 것이다.

그러니까 우리는 살아가는 것이다. 믿을 수 없이 빛나는 욕망과 사랑, 아름다운 헛것들을 따라서 걸어가는 것이다. 나에겐 언젠가 깨어지고 말 믿음, 언젠가 사라지게 될 사랑이나 우정뿐이지만, 그런 것들에서 내가 맛본 순간의 행복, 그리고 기꺼이 그 행복을 포기할 수 있냐는 끝없는 물음 사이에서.

처음에는 신경 쓰이지 않던 작은 습관들이 나중에 거슬릴 때가 있는데, 우리에겐 이런 문제를 해결하는 방법이 있었다. 말하자면 신발에 들어간 자갈을 털어내는 일과 비슷했다. 우리는 그걸 '포기'라고 불렀고, 이를 계속하는 데 동의했다. 지나치게 자주 사용하는 문구나 식습관, 심지어는 제일 좋아하는 옷도 이에 속했다. '포기'는 그런 것들을 버리도록 요구하는 걸 의미했다.

인간은 아름다운 걸 보거나 갖게 되면 행복해한다. 인간은 내면에 숨겨진 치부보다는 겉으로 드러나는 빛나는 면들을 먼저 본다. 그러나 숨겨진 진실들은 우리에게 그런 아름다움을 포기하기를 요구한다. 우리가 빛나는 달을 보고 행복해할 때, 달 뒷면의 어둠에서 무엇이 움직이는지 우리는 알지 못한다. 그러면서도 우리는 달을, 달의 행복을 포기하기를 원치 않는다. 그러나 포기에도 아름다움이 있다는 걸 우리는 정말 모르는 걸까? 달이 그토록 아름답게 빛나는 것은 어둡고 울퉁불퉁한 뒷면이 존재하기 때문이라는 것을 우리는 모르는 걸까?

포기는 아름답고 행복한 것이다. 나는 내가 무언가를 포기했기 때문에 지금 이 순간에 행복을 맛볼 수 있다는 것을 안다. 포기해야 하는 것이 때로는 너무 많지만, 아무것도 포기하지 않을 수 있는 순간은 하나도 없다. 시간은 우리에게 아주 많은 포기를 요구한다. 우리는 지나간 순간들을 포기해야 하고, 끝나버린 관계를 포기해야 하며, 늙어가는 육체를 포기해야 한다…… 어쩌면 거꾸로, 포기한다는 행위 자체가 우리에게 모든 행복과 아름다움을 선물하는 것인지도 모른다.

자연이 그토록 아름다운 것은 그 내부에 치명적인 추함을 갖고 있기 때문이며, 이 이중성을 피할 수 있는 것은 세상에 없다. 그리고 세상의 모든 것 중에서도 인간이 가장 이중적이라는 건 사실이다. 제임스 설터의 소설은 칼로 베어내듯 인간의 표면을 가르고 그 이중성을 보여준다. 내가 제임스 설터의 소설들을 읽기 힘든 것은, 아마도 은연중에 갖고 있던 인간에 대한 믿음을 너무도 가혹하게 깨뜨리는 그의 문장들 때문일 것이다.

그 전날 밤 브루클린에선 살인사건이 네 건 있었다. 월스트리트에선 브로커들이 이성을 잃었고, 14번가에선 시계와 양말을 파는 남자들이 추위에 떨며 서 있었다. 57번가에선 미친 사람이 목청을 다해 오페라의 아리아를 불렀고, 어떤 건물은 무너지고 새 건물이 올라갔다. 커튼을 처러 일어난 그녀가 잠시 커튼 사이 불빛 속에서 아래를 내려다보며 서 있었다. 그 빛나는 아름다움과 신선함! 그는 이제껏 그런 건 본 적이 없었다.

보이는 것들과 보이지 않는 것들, 그 사이에서 사람은 살아간다. 표류하듯, 섬과 섬 사이를 항해하며 멀리 보이는 아름다움을 향해 미친 듯이 노를 젓는 것이다. 그러나 아름다움을 사랑하는 인간은, 칼날로 긋듯 분명하게 그어진 이중성이라는 배 위에 올라타 있다.

언제까지나 빛나는 것은 없다. 그 사실의 이면에는, 어떤 어둠도 빛 없이는 존재하지 않는다는 사실도 포함되어 있다. 그러므로 사랑에는 이별이, 그리고 어떤 절망이나 고통에도 분명히 행복과 아름다움이 들어 있다. 우리는 그것들을 위해 사는 것이다. 캄캄한 밤의 정적 너머에 존재할 아침의 음악, 이별의 괴로움 이후에 다가올 또 다른 만남의 감미로움.

비록 그것들이 또 다른 순간에 불과하다 하더라도, 순간들이 있다는 것은 나에게 위안이 된다. 어떤 순간은 지나가고, 또 하나의 순간이 다가오며, 나는 내게 주어진 그 순간들에 감사한다. 이중적인 아름다움을 띤 이 지독한 삶이라는 배 위에서 흔들리며, 빛과 어둠과 순간들을 지나치며, 나는 내게 다가올 다음 순간들을 온 마음을 다해 기다린다. "사랑하는 사람의 숙명적인 정체는 기다리는 사람, 바로 그것이"니까.[29]

이 겨울의 매운 추위 속에는 봄의 햇살이 들어 있다. 그리고 나는 슬픈 겨울 속에서 새로운 봄을, 봄의 순간을 기다린다. 그래, 나는 이렇게, 너의 순간을 기다린다.

나는
당신을   사랑했다

　나에게는, 나에게도, 첫사랑이 있었던가? 첫사랑이라는 말처럼 아름답고 서정적인 말도 없을 텐데, 어째선지 나는 그 아름답고 서정적인 감정을 잘 기억하지 못하겠다. 물론 누군가를 좋아했던 적이 있고, 사랑을 처음으로 느꼈던 적도 분명히 있지만, 모든 사랑의 감정은 그때마다 다른 색과 무늬를 갖고 다가왔기에 나는 매번 처음처럼, 그리고 마지막처럼 모든 것을 느꼈다.

　타인을 사랑한다는 그 이상하고 두려운 상태, 그것에는 너무도 많은 감정이나 상황, 그리고 내 존재 전체를 가로지르는 강렬한 경험들이 있다. 그것을 처음으로 느꼈을 때, 그 설렘과 거기 뒤따르는 안타까움, 그리고 슬픔들을 모르지는 않지만, 그러나 내 지난 사랑들에 첫사랑이라고 이름 붙일 만한 것은 없다. 아마도, 나는 아직도 사랑이라는 것에 대해 잘 모르고 있는지도 모르겠다.

그래도 내 지난 사랑들에 아름다움이 없지는 않았다. 나는 그것들을 기억하고, 소중히 간직하고 있다. 나는 주로 짝사랑에 몰입하는 편이었는데, 누군가가 나를 사랑해주는 것보다는 내가 누군가를 좋아하는 편이 나를 매료시켰던 것이다. 입시 미술학원에 다닐 때 좋아한 사람은 지금도 가끔 기억이 난다. 그는 나보다 한 살 많은 재수생이었고 키가 컸다. 외모가 그리 잘생겼던 것 같지는 않은데, 말보로 담배를 피우던 말수 적은 그 사람을 나는 그때 혼자서 많이 좋아했다.

사람을 좋아한다는 일처럼 신비로운 일이 또 있을까? 일단 한 번 누군가가 좋아지면, 그 사람의 단점이나 결점까지도 아름다워 보이는 것이다. 나는 그 미술학원 재수생의 두꺼운 뿔테 안경이나 비듬까지도 좋아한다고 생각했으니까. 그것은 인간이라는 이 서글픈 종족이 가진 거의 유일한 기쁨이지만, 사랑은 인간의 나약함이나 추악함을 그만큼 드러나게 하기도 한다. 사람은, 사람의 사랑의 감정을 이용하기도 하고, 그것으로 누군가를 지독하게 상처 주기도 하고, 누군가를 죽일 수도 있다.

사랑의 감정이란 너무도 인간적인 나머지, 화르르 불타오르다가도 그리 길지 않은 시간 안에 소멸해버린다. 그래서 나는 이성을 향한 사랑을 잘 믿지 못하지만, 그럼에도 사랑에는 인간의 내면을 깨울 수 있는 힘이 존재한다고 생각한다. 사랑에는, 사람으로 하여금 자기 존재를 잊게 만들고, 어딘가에 투신하게 하며, 무엇보다 이 슬픈 생을 '견디게' 하는 힘이 있다.

＊

지하철 4호선을 타고 집에 가는 길, 나는 검은 패딩 점퍼에 목도리를 두른 한 뚱뚱한 여자가 이반 투르게네프의『첫사랑』을 읽고 있는 것을 보았다. 눈이 많이 오던 연말이었다. 나는 그녀의 모습을 보고 이 세계에 숨겨진 비밀스런 사랑들에 대해 잠시 생각했다. 저 여자에게도 첫사랑이, 그리고 이 지하철에 타고 있는 사람들에게도 각자의 사랑이 있을 것이라는 생각이 문득 들었다. 나는 사랑을 믿지 못하지만, 그러나 사랑이 있다는 것을 부인할 수는 없다.

내게서 불과 대여섯 발짝 떨어진 푸른 나무딸기 덩굴에 둘러싸인 풀밭 위에, 장밋빛 줄무늬 옷을 입고 하얀 수건을 쓴 날씬한 몸매의 키가 큰 처녀가 서 있었고, 그 주위에는 네 명의 청년이 옹기종기 모여 있었다. 처녀는 작은 회색 꽃으로 그들의 이마를 돌아가며 툭툭 두드리고 있었다.……청년들은 아주 즐겁게 이마를 내밀고 있었다. 처녀의 몸동작은(나는 옆에서 그녀를 보고 있었다.) 어떤 말할 수 없는 매력이 풍겼고 명령하는 듯하면서도 귀여움성이 있어서, 나는 놀랍고 재미있어 하마터면 소리를 지를 뻔했다. 그러고 나서 저 아름다운 손가락에 이마를 얻어맞아 봤으면 하는 생각과, 그것을 위해서라면 이 세상 모든 것을 그 자리에서 내던져버려도 좋을 것 같은 마음이 들었다.

세상의 모든 것을 포기해도 좋을 것 같은 그 마음, 그것이야말로 사랑이라는 알 수 없는 마음의 위대한 면이다. 보잘것없고 순간적인 감정일지라도, 사랑의 마음은 세상의 모든 것을 이길 수 있다.

그렇기에 사랑은 때로 사람을 파멸에 이르게 만들기도 한다. 그러나 파멸에 이른다 해도, 내 존재가 내게서 사라질 수 있다는 것은 얼마나 순수하고 커다란 기쁨인지……. 죽기 전까지 나 자신이라는 짐을 한순간도 벗어던질 수 없는 존재로서, 사랑에 투신하게 만드는 그 강하고 매혹적인 이끌림은 어쩌면 축복일 것이다.

물론 사랑은 우리를 바보로 만든다. 그런데 나는 세상의 바보들을 좋아한다. 교활하고 이기적인 사람들 사이에서 부대끼며 살다 보니, 나는 자꾸만 바보들을 더 좋아하게 되는 것 같다.

그러고 보면, 스스로 바보가 되는 사람들이 바로 사랑에 빠진 인간이다. 희생이나 순종 같은 인간의 미덕들은 사랑이 없다면 실현하기 힘든 것들이다. 스스로 바보가 된 사람, 그는 얼마나 숭고한가. 사랑에 빠진 인간은 인간의 한계를 넘어서는 존재들이다. 내 사랑을 돌아본다. 죽고 싶을 만큼 나 자신이 싫을 때도 있었고, 질투와 수치심에 괴로웠던 적도 있지만, 그러나 그보다 강한 것은 사랑의 대상을 향한 순수하고 걷잡을 수 없는 사랑 그 자체였다. 그가 행복하기를 바라는 마음, 나 자신보다 다른 누군가가 행복하기를 원하게 되는 그 마음은 사랑 없이는 불가능한 것이다.

그녀는 흰 커튼을 드리운 창에 등을 기대고 앉아 있었다. 햇빛이 그 커튼을 뚫고 들어와 그녀의 고운 금발과 깨끗한 목덜미, 둥그스름한 어깨와 부드럽고 안온한 가슴에 잔잔한 광선을 비추어주었다. 그렇게 바라보고 있는 사이에 어느덧 그녀는 내게 더없이 소중하고 더없이 친근한 존재가 되어버렸다.

나는 꽤 오래전부터 그녀를 알았던 것 같았고, 그녀를 알기 이전의 일은 아무것도 기억에 없을뿐더러 이 세상에 살아 있었던 것 같지도 않았다……

중년의 블라디미르 페트로비치는 열여섯 나이에 찾아왔던 자신의 첫사랑을 이렇게 기록한다. 눈부시고 아름답게, 소중하고 친근하게. 사람은 사랑을 통해서 비로소 사람에게 아름답고 특별한 존재가 된다. 그러니 사랑을 믿을 수 없다 해도 사랑을 통해 다가온 사람의 그 빛나는 존재마저 믿지 못할 수는 없을 것이다.

어쩌면 내가 지하철의 책 읽는 사람들을 바라보는 시선도 사랑을 포함하고 있는지 모르겠다. 나는 그들을 특별하고 아름답다고 인식하니까. 지하철에 앉아 이반 투르게네프의 『첫사랑』을 읽는 여자라면, 그녀가 어떻게 특별하지 않을 수 있을까. 나는 그녀의 모습을 보고 그 내면에 숨겨진 사랑과 갈망, 고독이나 슬픔까지 느낄 수 있었으므로.

"거기서 뭘 하고 있어요? 그런 높은 담장 꼭대기에서?" 그녀는 몹시 야릇한 미소를 띠며 물었다. "아, 그렇지." 그녀는 말을 이었다. "당신은 늘 날 사랑한다고 맹세하는데, 정말로 날 사랑한다면 내가 있는 이 한길로 뛰어내려 봐요."

지나이다의 말이 채 끝나기도 전에 나는 마치 누군가가 뒤에서 떠밀기라도 한 듯 벌써 밑으로 뛰어내리고 있었다. 담장 높이는 대략 4미터가 넘었다.……나는 쓰러져서 한순간 정신을 잃었다.

사랑에는 고통과 슬픔이 따른다. 사랑의 기쁨에는, 반드시 사랑의 슬픔이 뒤따라온다. 그리고 사랑의 속성에는 인간의 모든 선함과 함께 악함까지, 용기와 함께 두려움까지 포함된다. 나는 이제 사랑보다는 우정을, 순간의 격정보다는 오래가는 인내를 원하고 있지만, 그러나 어딘가에 자신을 내맡기고 투신해버리는 열정 역시 원하고 있다. 열정을 잃지 않는다면 삶은 살아볼 만한 것이다. 달리 말해, 나는 열정 없는 삶을 사는 일은 원치 않는다.

✳

겨울의 푸른 하늘과 노란색 햇빛을 받고 차가운 대기를 들이마시며, 나는 내 몸이 숨 쉬고 있다는 것, 나에게 아직 삶이 남아 있다는 것을 느낀다. 삶은 고통스럽지만, 우리가 이 세계에서 살아가고 있다는 것. 사랑은 바로 삶 자체다.

그리고 바다 위에 뜬 한 척의 작은 배처럼 어지러이 표류하는 이 삶 속에서 우리에게 서로가 있다는 것, 사랑하고 아껴주어야 하는 다른 사람이 있다는 것보다 소중한 사실이 있을까. 검은 노를 저으며 눈물과 한숨의 배를 저어가면서도, 우리가 바라볼 타인의 눈동자 속에 분명히 존재하는 나 자신의 모습을 우리는 사랑하는 것이다. 타인을 사랑한다는 것은 그러므로 나 자신의 삶을 살아가는 일과 다름없다.

"틀린 방향을 바라본 두 눈-그 속을 들여다보라.//태양들과, 심장의 궤도들,/윙윙 소리를 내는 아름다운 덧없음./죽음들과 거기에서/태어난 모든 것."[30] 파울 첼란은 그의 시 「레 글로브 Les Globes」를 통해 이렇게 읊조렸다. 사람에게 사랑이 없다면 무엇을 위해, 무엇을 가지고 고통과 죽음을 견디겠는가. 사랑에 빠진 사람의 눈빛은 때로 올바른 곳을 보고 있지 못하지만, 그러나 그 틀린 방향을 바라보는 두 눈 안에는 우주가 담겨있는 것이다. 아마도 그것이 사랑의 슬픔인 동시에 기쁨일 것이다. 그 아름다운 덧없음이 말이다.

바로 나 자신도 그렇다…… 순간적으로 떠오른 첫사랑의 환영을 한 가닥 한숨과 어떤 쓸쓸한 감정으로 간신히 더듬으면서, 내가 무엇을 바랐고, 내가 어찌 풍요로운 미래를 기대했 겠는가?

내가 소망했던 모든 것 중에서 과연 무엇이 실현되었는가? 그리고 벌써 내 인생에 황혼의 그림자가 밀려오기 시작하는 지금, 한바탕 휘몰아치고 지나간 봄날 아침의 뇌우에 대한 추 억보다 더 신선하고 더 소중한 것이 무엇이 있겠는가?

맹목으로 가득한 첫사랑, 그것은 결국 지나가 버린 과거 의 추억이 되어 우리를 쓸쓸하게 만들지만, 또한 바로 그런 것 들이 우리의 지금을 살아가게 한다. 간신히 더듬어야 떠오르 는 쓸쓸한 추억들을 지니고서 매일 지하철을 타고, 인파에 떠 밀려 도시에서 살아가는 우리의 초상을 나는 블라디미르의 첫 사랑을 통해 본다.

언젠가, 우리 모두는 이곳에 있지 않을 것이다. 그러나 아 직 이곳에 우리의 삶이 존재하는 지금, 아름다운 추억들은 죽 음들 위에서 윙윙 소리를 내며 여전히 떠오른다. 그렇다, '나 는 당신을 사랑했다'라는 사실보다 소중한 것은 거의 없다. 비 록 그 사랑이 지나가 버린다 해도, 결국 우리의 삶이 어디론가 강물처럼 흔적 없이 흘러가 버린다 해도.

당신의
욕조

어느 겨울날, 2호선 지하철이 합정역에 도착할 때쯤, 나는 붉은 점퍼를 입은 한 남자가 책을 읽고 있는 것을 발견했다. 남자는 큰 키에 몸집도 컸는데, 그가 읽는 책은 매우 낡고 얇은 것이었다. 나는 내려야 할 역을 그냥 지나치면서 그를 관찰하기 시작했다. 그가 읽고 있는 작고 오래된 책의 제목이 궁금했지만, 그는 좀처럼 그 책의 표지를 보여주지 않으려 하는 것 같아서, 나는 몇 정거장이 지나서야 뒤표지만 간신히 볼 수 있었다.

책의 뒤표지는 매우 인상적이었는데, 한 남자가 흰 욕조 안에 옷을 입은 채로 들어가 앉아 있고 한 여자가 그 욕조에 기대어 카메라를 바라보고 있는 흑백사진이 있었다.

결국 나는 인터넷에서 『욕조』라는 책을 찾아냈다. 욕조 안의 남자, 멍하니 허공을 응시하는 그의 표정이 자꾸 떠올라서 그 책을 잊을 수 없었기 때문이다. 『욕조』는 프랑스 작가 장필립 투생의 데뷔작이었고, 나는 절판된 그 책을 중고서점에서 구입했다. 책의 첫머리는 이렇게 시작된다.

    1) 오후 시간을 욕실에서 보내기 시작했을 때, 나는 그곳에서 살려는 생각은 아니었다.

    흰 욕조의 이미지를 떠올린다. 『욕조』를 읽고 있던 남자의 붉은 옷과 그때 지하철에 함께 타고 있던 모르는 사람들, 그리고 그것을 지켜보는 내 모습. 그것은 실재하지만 실제로 있는 것은 아닌, 뭔가 비현실적이거나 초현실적인 이미지다. 욕조 안에 앉아 허공을 바라보는 한 남자가 존재하면서 존재하지 않는 것 같이. 매서운 겨울바람이 부는, 한 해가 저물어가는 날에 나는 그렇게 『욕조』 안의 문장들과 지하철의 중첩된 이미지들을 뒤섞으며 홀로 카페에 앉아 있다.

    '시간이 두렵다'고 나는 얼마 전에 쓴 시에 적었다. 나는 그 무엇보다도 시간이 무섭다. 시간은 무정형이고 움직이지 않지만, 끊임없이, 그리고 움직임 없이 흐른다. 시간에 형상이 있다면 그것은 어떤 모습일까? 우리는 시간에 따라 끊임없이 흔들린다. 하지만 시간은 결코 변하지 않고, 변하는 것은 시간이 아닌 사물들, 존재들이며, 우리의 허약한 육체와 영혼들이다.

카페 창 밖에서 사람들이 길을 걸어간다. 공간과 함께 시간이 흐르지만, 우리에겐 시간을 바꾸거나 그것의 모양을 일그러뜨릴 힘이 없다. 단지 그것에 이끌려 끊임없이 걷고, 먹고, 자고, 이야기를 나누고, 공허한 세상의 것들에 집착할 뿐이다.

27) 나는 머리를 손으로 감싸고 침대에 앉아(항상 이 극단적 자세) 사람들은 비를 두려워하지 않는다고 생각했다. 어떤 사람들은 미장원에서 나올 때나 비를 두려워하지만 이 끊임없는 유체 흐름이 영원히 그치지 않고 모든 걸 무화시키고 사라지게 하지나 않을까 두려워하는 사람은 아무도 없었다. 창가에 서서 사람들과 차의 움직임 등, 눈앞에서 전개되는 다양한 운동이 야기하는 불안감에 의해 정신이 혼란해져 불현듯 악천후에 대해 불안을 느낀 것은 나 자신이었고 나를 공포 속에 몰아넣은 것은 이번에도 마찬가지로 바로 시간의 흐름 그 자체였다.

장 필립 투생은 소설 『욕조』를 사건의 흐름에 따라 배열

하면서 문장마다 번호를 붙인다. 일어난 사건에 순서를 매기려는 것 같지만, 이 소설에서 일어나는 사건에는 어떤 개연성이 있지 않고 특히 번호의 순서에는 아무런 의미도 없다. 그저 50개의 문장이 나열되어 있을 뿐이다. 그것은 우리 삶의 무의미, 우리가 살면서 욕망하고 원하고 슬퍼하고 사랑하는 모든 것의 무의미를 의미하는 것 같다.

우리는 '영원한 것은 없다'고 쉽게 말하지만, 모든 것이 사라진다는 사실은 우리를 위안하지 않는다. 그런데 더는 눈앞에 보이지 않고 만질 수 없다고 해서, 또 무언가가 과거의 것이 되어버렸다고 해도, 그것이 '영원하지 않다'고 단언할 수 있을까? 영원하지 않다는 말에는 그 반대의 뜻, 즉 모든 것은 영원하며 언젠가 되돌아온다는 말도 함께 들어 있는 것은 아닐까?

✻

비약을 좋아하는 내 습관에 따라 상상을 해본다. 붉은 점퍼를 입은 남자가『욕조』를 읽고 있던 2호선 지하철 안의 풍경이 언제까지고 어떤 시간 안에서 반복되며 되돌아오고 있다고. 사실 이미 그것은 내 기억 안에서 하나의 '영원성'으로서 존재하고 있다.

내가 혹은 『욕조』의 주인공이 시간에 공포를 느끼는 이유는 어쩌면 그런 것이다. 나보다 큰 무언가가 내 안에서 끊임없이 존재한다는 사실에 대한 두려움, 지금 이곳에서 내가 사라져도 무언가가 영원히 사라지지 않고 있을 거라는 사실에 대한 불안 말이다.

시간에 저항할 수 없는 우리에게 무엇이 위로가 될 수 있을까, 나는 그것은 오직 죽음뿐일 거라고 생각하기도 한다. 죽음은 특별한 것이다. 우리가 언젠가 죽을 것이기 때문에, 우리가 보내는 이 삶에는 의미들이 생긴다. 삶이 단 한 번뿐이며, 한 해가 저물어가는 마지막 날 저녁의 노을은 오로지 단 한 번만 볼 수 있는 것이기 때문에 중요하고 아름다운 것이라고 나는 생각한다.

영원히 변치 않는 것들이 나는 두렵다. 아무것도 되돌아오지 말라고, 사랑이든 우정이든 영원해지지 말라고 나는 속삭인다. 영원한 건 아름답지도 특별하지도 않다고, 단지 한때의 어떤 것, 지워지고 말 어떤 것들만이 아름답고 중요하다고. 그것은 내 불안하고 단편적인 삶에 대한, 나만의 위로 방식이다.

69) 가끔 한밤중에 눈도 뜨지 않고 잠이 깨는 일이 있었다. 나는 눈을 감은 채 에드몽송 팔 위에 손을 얹었다. 나는 그녀에게 날 위로해달라고 부탁했다. 부드러운 음성으로 그녀는 내가 무엇을 위로받고 싶으냐고 물었다. 날 위로해줘, 라 했다. 하지만 무엇에 대해서, 라고 그녀는 말했다. 나는 날 위로해줘, 라 했다 to console, not to comfort.

70) 하지만 내가 좀더 깊이 생각하고, 그리고 우리의 모든 슬픔의 원인을 찾은 다음 나는 그 이유를 발견하고자 원했으며 나는 정당한 이유가 있음을 알았으니 그것은 허약하고 죽음을 피할 수 없다는 우리 조건에 대한 자연적 슬픔에 기인하며 그 조건은 너무도 비참하여 그것을 생각하면 아무것도 우릴 **위로**할 수 없다는 것이다(파스칼, 팡세).

자연적 슬픔, 그리고 우리의 비참한 조건. 나는 여러 해 동안 슬픔에 기대어 살았다. 슬픔과 비참한 조건들에도 내가 존재하기에, 내 존재가 그 슬픔이나 비참한 조건 위에 있기에, 그 비참이 나를 살아가게 했다고 나는 생각한다.

사람들의 얼굴에는 그들마다의 슬픔과 비참이 어려 있다. 나는 지하철에서 많은 얼굴을 살펴보았다. 그 기억하지 못하는, 단지 언뜻 마주쳤던 얼굴들에는 저마다의 슬픔과 비참이 있었다.

우리는 모두 무엇으로도 위로받지 못하는 존재다. 시간에서 비껴갈 수 없고, 오직 시간에 맞부딪쳐 살아남아야 하는, 그리고 언젠가 그런 삶을 끝내게 되어 있는 사람들의 얼굴에는 그러나 슬픔과 비참만이 드리워 있지는 않았다.

사람들의 얼굴에는 저마다의 꿈이 드리워져 있었다. 그것은 또 하나의 슬픔이지만, 그 슬픔이야말로 인간을 아름답게 만드는 것이다. 유한한 인간의 슬픈 꿈, 나는 그것이 세상의 유일한 빛일 것이라고 생각한다.

78) 난 의자에 앉아 기다렸다. 끝도 없이 긴 복도는 텅 비어 있었고 흰색이었다. 아무런 소리도 없었고 오직 에테르 냄새뿐. 구체적인 죽음으로부터 풍기는 그 냄새가 날 괴롭혔다. 난 의자에 웅크리고 누워 눈을 감았다. 이따금 누군가 복도로 들어왔고 내 앞을 지나쳐 복도 끝까지 계속 걸어갔다.

우리에게 죽음이 구체적이듯이, 우리의 모든 슬픔도 구체적이다. 아니 삶이란 것은 언제나 너무도 구체적인 것이다. 그래서 나는 때로 구체적인 것들을 미워한다. 아침의 변함없는 빛, 아침에 마시는 커피의 맛, 나는 그렇게 반복되는 모든 아침을 슬퍼한다. 그러나 아침을 미룰 수는 없다. 밤이 지나면 아침이 오는 것이야말로 세계의 불변하는 법칙이므로, 별 수 없이 매일 아침을 맞이해야 한다.

오랜 밤이 지나면 결국 아침이 온다는 사실에서 위로를 발견할 수 없다면 아침의 빛은 얼마나 끔찍한 것이 될 것인가. 결국 우리의 슬픔이 우리의 피할 수 없는 죽음에서 오는 것이라면, 슬픔을 사랑하지 않을 이유가 있을까? 그리고 언젠가는 받아들여야 할 죽음이 내 위로가 되지 않을 이유가 있을까?

궤변에 가까운 말이지만, 나는 우리의 죽음이란 아주 평범한 것이라고 생각한다. 지극히 구체적이며 평범한 위안일 뿐이라고. 그리고 우리가 구체적으로 슬프다는 사실 역시, 평범하고도 위안이 되는 사실이라고.

✳

나는 중학교에 입학하던 해에 심하게 아팠다. B형 간염이었다. 어린 소녀에 불과했던 나는 스무 날 가까이 병을 앓으며 병실에서 혼자 잠들어야 했는데, 그때 나를 짓누르던 병의 기운과 내 나약한 육체를 감당하면서 밤마다 병실 밖을 지나가는 차 소리를 들었다. 차들은 내 병실 옆 도로를 지나가며 창으로 불빛 한 줄기를 던지며 지나갔다.

그것이 잠 안 오던 일인실, 가위에 눌리던 병든 밤의 유일한 위안이었다. 그 시절 엄마는 서점 일로 너무 바빴고, 온기라고는 느낄 수 없던 병원에서 지낸 나날들이 생생하게 기억난다. 그리고 가끔 가난한 아빠가 사들고 오던 마들렌의 단맛만큼이나 부드럽고 달콤하던, 밤의 차도를 지나가는 차들. 그들이 던지던 그 불빛의 뜻 없는 신호.

고백하건대, 나는 병원을 좋아한다. 죽음의 냄새를 풍기는 사람들과 긴 복도, 그리고 창백한 병실들을 좋아한다. 어쩌면 이 세계 전체가 하나의 병원이고, 우리 각자는 한 병동 안의 병실들인지도 모를 일이다.

가냘픈 희망을 품고 무엇에게서도 위로받지 못한 채 고통 속에서 죽음을 기다린다는, 그 비참하고 슬픈 조건에서 벗어날 수 있는 사람은 없다. 그러나 우리는 병실에 꽃을 꽂고, 병실에서도 웃고 떠들고, 먹고 잔다. 우리는 고통 속에서도 이 살아감을 포기하려 하지는 않는다. 고통이 있지만, 모든 공포와 위협이 있지만 또다시 밝아오는 아침이 언제나 아름답기 때문이다. 그러므로 모든 무의미 속에도 아침이, 고통스럽고 아름다운 아침이 있다.

우리는 아프고 외로운 존재들이다. 그러나 내가 당신들의 얼굴에 어린 외로움과 슬픔에서 끝내 달콤한 꿈을 찾아내는 것은, 아마도 내 마음속 깊은 곳에 그런 것이 존재하기 때문일 것이다. 길고긴 병원 복도를 끝까지 걸어가는 것 같은 이 삶, 우리의 삶 속에는 비참만큼이나 깊고 단단한 위로가 있다고 나는 당신들에게 말하고 싶다.

그것에 아무런 의미가 없을지라도, 그리고 고통스러운 자신의 존재를 우리 모두가 짊어지고 있다고 하더라도, 밤이 지나면 우리는 다음 날 아침을 맞이할 것이다. 그것은 덧없고도 영원한 아침이다. 사라지지만, 사라지지 않는 꿈이다. 그래서 나는 당신들을 좋아한다. 각자의 욕조, 각자의 일인실 안에서 살아가는 아프고 아름다운 당신들을.

한 해가 춥고 어둡게 저문다. 여러 시간 동안, 많이 아팠을 사람들을 생각한다. 지금도 아파하는 사람들을 생각한다. 잔혹한 이 밤의 한켠에서 시간을 견디는 고통스러운 존재들에게, 그러나 새로운 아침은 다시 밝아올 것이다. 어쩌면 잔인한 아침이지만, 단지 한순간 한 줄기의 빛을 던지며 어디론가 달려가던 병실 밖 도로의 차 소리들을 기억하며, 나는 위로받을 수 없음을 알면서도 끊임없이 당신에게 말한다. '나를 위로해 줘'라고 '꿈을 꾸어줘, 웃어줘, 끊임없는 눈물을 흘리면서 다시 일어나줘'라고.

46) 욕실에서 오후를 보내기 시작했을 때 나의 태도에는 어떤 과시욕도 없었다. 그렇다. 나는 가끔 맥주를 찾으러 부엌에도 갔고 또는 내 방 안을 서성이며 창밖을 내다보기도 했다. 하지만 가장 편안한 곳은 욕실 안이었다.

그렇다, 우리는 각자의 슬픔 안에서 가장 편안한지도 모르겠다. 그렇다고 해서 언제까지나 내 슬픔 안에 길게 누워 있을 수는 없다. 우리는 서로를 위로하기 위해서 자신의 욕조에서 나올 것이다. 그 위로가 아무것도 아닌 그저 스쳐가는 불빛에 불과할지라도, 그 위로가 거의 불가능한 것일지라도. 시간에 맞서 걸어가는 우리는 서로를 바라보고, 너의 눈 속의 아침을 바라볼 것이다. 구체적인 죽음의 냄새를 풍기는 그 영원하고 창백한 아침을.

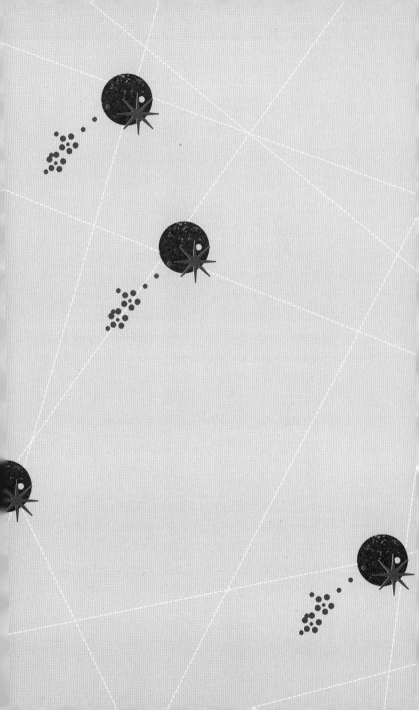

밑줄긋기

1/ 다니카와 슌타로 / 「산다」 / 김응교 옮김 / 『이십억 광년의 고독』 /
   문학과지성사 / 2009 / 99쪽 /

2/ 수전 손태그 / 이재원 옮김 / 『타인의 고통』 / 이후 / 2004 / 150쪽 /

3/ 수전 손태그 / 이재원 옮김 / 『타인의 고통』 / 이후 / 2004 / 184쪽 /

4/ 허연 / 「벽제행」 / 『불온한 검은 피』 / 민음사 / 2014 / 91~92쪽 /

5/ 사르트르 / 정소성 옮김 / 『존재와 무』 / 동서문화사 / 1994 / 616쪽 /

6/ 파스칼 키냐르 / 송의경 옮김 / 『옛날에 대하여』 / 문학과지성사 / 2010 / 55쪽 /

7/ 파스칼 키냐르 / 송의경 옮김 / 『옛날에 대하여』 / 문학과 지성사 / 2010 / 56쪽 /

8/ 파울 첼란 / 「열두해」 / 제여매 옮김 / 『아무도 아닌 자의 장미』 /
   시와진실 / 2010 / 20쪽 /

9/ 비스와바 쉼보르스카 / 「기차역」 / 최성은 옮김 / 『끝과 시작』 /
   문학과지성사 / 2007 / 133쪽/

10/ 지그문트 프로이트 / 김인순 옮김 / 『꿈의 해석』 /
   열린책들 / 2004 / 369쪽의 37번 각주에서 인용함 /

11/ 조에 부스케 / 김관오 옮김 / 『달몰이』 / 아르테 / 2007 / 75쪽 /

12/ 미셸 푸코 / 이상길 옮김 / 『헤테로토피아』 / 문학과지성사 / 2014 / 12쪽 /

13/ 미셸 푸코 / 이상길 옮김 / 『헤테로토피아』 / 문학과지성사 / 2014 / 12~13쪽 /

14/ 페르난두 페소아 / 김효정 옮김 / 『불안의 책』 / 까치 / 2012 / 115쪽 /

15/ 장 그르니에 / 함유선 옮김 / 『지중해의 영감』 / 한길사 / 2003 / 58쪽 /

16/ Gilles Deleuze, abécédaire, 'V comme voyage', interview, 1990 / 민진영 /
「장-뤽 고다르Jean-Luc Godard의 〈필름 소셜리즘〉에 나타난 정치성」/
『영상문화』 제22호(2013년 9월) / 한국영상문화학회 / 13쪽에서 재인용.

17/ Gilles Deleuze & Félix Guattar / 『Mille plateaux』 /
Paris, éditions de Minuit / 1980 / p.598 / 민진영 /
「장-뤽 고다르의 〈필름 소셜리즘〉에 나타난 정치성」/
『영상문화』 / 제22호(2013년 9월) / 한국영상문화학회 / 12쪽에서 재인용 /

18/ 페르난두 페소아 / 김효정 옮김 / 『불안의 책』 / 까치 / 2012 / 115~116쪽 /

19/ 존 버거 / 김우룡 옮김 / 『그리고 사진처럼 덧없는 우리들의 얼굴, 내 가슴』 /
열화당 / 2004 / 99쪽 /

20/ 존 버거 / 김우룡 옮김 / 『그리고 사진처럼 덧없는 우리들의 얼굴, 내 가슴』
열화당 / 2004 / 55쪽 /

21/ 알랭 바디우 / 조재룡 옮김 / 『사랑 예찬』 / 길 / 2010 / 44쪽 /

22/ 알베르 카뮈 / 김화영 옮김 / 『시지프 신화』 / 책세상 / 1997 / 186쪽 /

23/ 존 버거 / 김우룡 옮김 / 『그리고 사진처럼 덧없는 우리들의 얼굴, 내 가슴』
열화당 / 2004 / 81쪽 /

24/ 알베르 카뮈 / 김화영 옮김 / 『시지프 신화』 / 책세상 / 1997 / 188쪽 /

25/ 존 버거 / 김현우 옮김 / 『A가 X에게』 / 열화당 / 2009 / 97쪽 /

26/ 알베르 카뮈 / 김화영 옮김 / 『시지프 신화』 / 책세상 / 1997 / 189쪽 /

27/ 제오르제 바코비아 / 「소네트」 / 김정환 옮김 / 『납』 /
문학과지성사 / 2007 / 17쪽 /

28/ 라이너 마리아 릴케 / 문현미 옮김 / 『말테의 수기』 / 민음사 / 2005 / 11~12쪽 /

29/ 롤랑 바르트 / 김희영 옮김 / 『사랑의 단상』 / 동문선 / 2004 / 68쪽 /

30/ 파울 첼란 / 「레 글로브」 / 제여매 옮김 / 『아무도 아닌 자의 장미』
시와진실 / 2010 / 76쪽 /

참고한 책

_____

마스다 미리 / 박정임 옮김 /『주말엔 숲으로』/ 이봄 / 2012년 /

마크 스트랜드 / 박상미 옮김 /『빈방의 빛』/ 한길아트 / 2007년 /

밀란 쿤데라 / 안정효 옮김 /『생은 다른 곳에』/ 까치글방 / 2001년 /

밀란 쿤데라 / 이재룡 옮김 /『참을 수 없는 존재의 가벼움』/ 민음사 / 1999년 /

박완서 /『노란집』/ 열림원 / 2013년 /

버트런드 러셀 / 이순희 옮김 /『행복의 정복』/ 사회평론 / 2005년 /

빌 브라이슨 / 이덕환 옮김 /『거의 모든 것의 역사』/ 까치글방 / 2003년 /

신경숙 /『외딴방』/ 문학동네 / 1999년 /

알랭 드 보통 / 공경희 옮김 /『우리는 사랑일까』/ 은행나무 / 2005년 /

알베르 카뮈 / 김화영 옮김 /『페스트』/ 민음사 / 2011년 /

에리히 프롬 / 황문수 옮김 /『사랑의 기술』/ 문예출판사 / 2000년 /

윌리엄 셰익스피어 / 최종철 옮김 /『로미오와 줄리엣』/ 민음사 / 2008년 /

윤영지 편저 /『미래사회 기초핵심 개념 22강』/ 미래가치 / 2012년 /

이반 투르게네프 / 이항재 옮김 /『첫사랑』/ 민음사 / 2003년 /

이언 매큐언 / 한정아 옮김 /『속죄』/ 문학동네 / 2003년 /

장 필립 투생 / 이재룡 옮김 /『욕조』/ 세계사 / 1991년 /

제임스 설터 / 박상미 옮김 /『어젯밤』/ 마음산책 / 2010년 /

존 버거 / 김현우 옮김 /『킹』/ 열화당 / 2014년 /

지그문트 바우만 / 정일준 옮김 /『쓰레기가 되는 삶들』/ 새물결 / 2008년 /

토베 얀손 / 햇살과나무꾼 옮김 / 『마법사의 모자와 무민』 / 소년한길 / 2012년 /

파스칼 메르시어 / 전은경 옮김 / 『리스본행 야간열차』 / 들녘 / 2014년 /

프랜시스 스콧 피츠제럴드 / 한애경 옮김 / 『위대한 개츠비』 / 열린책들 / 2011년 /

한강 / 『소년이 온다』 / 창비 / 2014년 /

헤르타 밀러 / 박경희 옮김 / 『숨그네』 / 문학동네 / 2010년 /

황인숙 / 『나의 침울한, 소중한 이여』 / 문학과지성사 / 1998년 /

지하철 독서 여행자
© 박시하(글) | 안지미(아트디렉팅), 2015

초판 1쇄 2015년 11월 25일 찍음
초판 1쇄 2015년 11월 30일 펴냄

지은이 | 박시하
펴낸이 | 강준우
기획 · 편집 | 박상문, 박지석, 박효주, 김환표
디자인 | 이은혜, 최진영
마케팅 | 이태준, 박상철
인쇄 · 제본 | 대정인쇄공사

펴낸곳 | 인물과사상사
출판등록 | 제17-204호 1998년 3월 11일

주소 | (121-839) 서울시 마포구 서교동 392-4 삼양E&R빌딩 2층
전화 | 02-325-6364
팩스 | 02-474-1413
www.inmul.co.kr | insa@inmul.co.kr

ISBN 978-89-5906-381-9 03810
값 13,000원

이 도서의 국립중앙도서관 출판시도서목록(CIP)은 서지정보유통지원시스템 홈페이지
(http://seoji.nl.go.kr)와 국가자료공동목록시스템(http://www.nl.go.kr/kolisnet)에서 이용
하실 수 있습니다.
(CIP제어번호: CIP 2015031912)

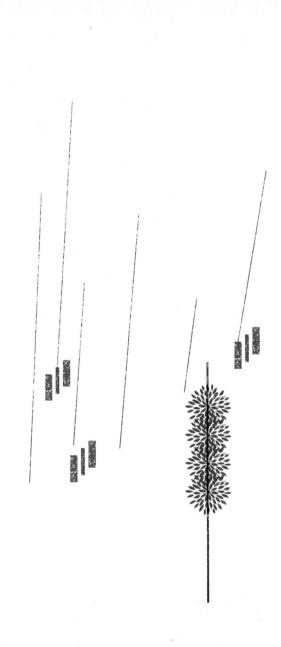